ISBN 978-88-9367-905-3

Illustrazioni di Emanuele Virzì

Layout di copertina: Andrea Balconi
Progetto grafico interni e impaginazione:
Bebung, Milano

In collaborazione con Tom's Network
Coordinamento: Alberto Martinelli, Roberto Buonanno

Per essere informato sulle novità
del Gruppo editoriale Mauri Spagnol visita:
www.illibraio.it

Copyright © 2021 Adriano Salani Editore s.u.r.l.
Gruppo editoriale Mauri Spagnol
Milano

www.magazzinisalani.it

LYON & ANNA
DIARIO DELLA FINE DEL MONDO

MAGAZZINI SALANI

Quante avventure abbiamo vissuto insieme? E quante
ne avremo da vivere ancora?
Una sola sarebbe stata abbastanza, per tutta
la passione e l'amore con cui l'abbiamo navigata,
noi e voi. Insieme.
Ma, sorprendentemente, finita una storia
ce n'è sempre una nuova dopo, ci siete voi a riempirla
di attenzioni, cure e soprattutto a darle un senso,
che senza di voi, che ci seguite da casa, non avrebbe.
Grazie, perciò, a te che tieni in mano questo libro.
Grazie a tutti i miei amici, che ci sono sempre,
nonostante tutto.
E grazie ad Anna, per aver scolpito in queste pagine
un'avventura epocale, a volte con sofferenza,
ma sempre con grande passione.

Dal diario di Lyon

GIORNO X
dallo scoppio dell'epidemia

Quando sta per arrivare la pizza, lo sai prima ancora che il piatto compaia in tavola.

Il vapore che a sbuffi si sprigiona dalla densa pozza di pomodoro ti abbraccia da lontano, le papille gustative si svegliano, e quando alla fine la vedi ti brillano gli occhi.

È una treccia di odori che ti avvolge nei suoi profumi: quello polveroso della farina, quello lieve della mozzarella e infine quello corposo del pomodoro, che macchia la cornice croccante.

Non hai paura di sporcarti le mani, sorridi felice se la mozzarella, filando, pende morbida dallo spicchio... e il boccone più gustoso, il cornicione sporco di pomodoro, chiude un giro che ==ti fa desiderare subito un'altra fetta.==

La pizza... accidenti, come mi manca!

Sono trascorsi troppi mesi dall'ultima volta che ne ho mangiata una, e forse non potrò mai più farlo. Per quanto mi sforzi di ricordarne ogni dettaglio, il suo sapore sbiadisce sempre di più nella mia memoria, e anche se a volte riesco quasi a sentirne il profumo svanisce subito, trascinato nell'oblio dell'abisso in cui vivo adesso.

Ristoranti e pizzerie sono stati i primi a chiudere. Vederne le finestre sprangate e le porte bloccate da catene massicce mi provoca anche adesso una tristezza quasi dolorosa. Di prodotti freschi ormai non ce n'è neanche l'ombra: all'indomani della catastrofe, supermercati e negozi sono stati messi a ferro e fuoco per poi essere brutalmente saccheggiati. Ora sono covi brulicanti di infetti e sventurati in cerca di un boccone, troppo folli per capire il pericolo che nascondono.

Tutto ciò che ci resta è misero cibo in scatola: a volte è come mangiare plastica, ma è già qualcosa.

All'inizio pensavamo che tutto sarebbe finito nel giro di poche settimane: nessuno si era reso conto della gravità della situazione, neanche chi avrebbe dovuto proteggerci. È tipico degli esseri umani pensare che tutto si sistemerà da solo, almeno finché non ci si accorge che, passati i mesi, le cose vanno solo peggio. E quando tutto va in pezzi, scoppia il caos: gli uni cercano di avere la meglio sugli altri, anche a costo di schiacciarli per accaparrarsi le ultime scorte di cibo rimaste.

>>> **8** <<<

Dal barricarti in casa in attesa della fine al dover sparare al tuo vicino che prova a rubarti l'ultima scatoletta, il passo è stato fin troppo breve. Ho assistito a molte scene così, ma niente è peggio della sensazione di aver perso tutto.
Quelle comodità che prima davo per scontate ora sono un sogno irraggiungibile: un letto pulito in cui dormire, una doccia bollente, un pasto appena cucinato, la luce del sole che ti scalda, un tetto sicuro sopra la testa.
Per mesi ho vagabondato da un posto all'altro, in cerca di quella normalità ormai persa per sempre.
Ho visto famiglie sgretolarsi davanti ai miei occhi, esseri viventi devastati da quel mostro invisibile che ci ha portato via tutto. Di ciò che erano, conservano a malapena l'aspetto, mentre dentro l'infezione li uccide e poi restituisce loro qualcosa che li fa muovere più della vita stessa: la fame della carne dei vivi. Sono zombie, zombie assetati di sangue.
Poi il caso, meschino e beffardo, ha voluto che a incrociare la mia strada fosse l'ultima persona che desideravo ritrovare, offrendomi, quasi a volersi prendere gioco di me, un rifugio. Da un paio di mesi vivo nell'accampamento del Generale, un insediamento che resiste a banditi e infetti sin dall'inizio dell'epidemia.
Non amo le milizie, e ancor meno il Generale, ma dopo mesi di solitudine mi sono lasciato ammorbidire dal suono di una voce che non fosse un grido straziante o un rantolo di morte. Qui tutti sono vigili e diffidenti, ma almeno ho a disposizione una branda pulita, acqua potabile e pasti assicurati,

e fintanto che mi dimostrerò utile mi permetteranno di restare. Nonostante la tensione iniziale, è come se io e lui avessimo stretto un tacito accordo di tregua, e ora ci limitiamo a brevi scambi di parole prima e dopo le missioni. Sono certo che, così come me, anche lui non ha dimenticato il nostro passato, ma per adesso mantenere una sorta di pace tra noi è meglio per tutti.

Da quando sono qui, però, il peso di tutto sta iniziando a gravarmi sulle spalle. Quando rischi la vita ogni istante, non hai tempo di fermarti a pensare, ma nel buio del tendone militare, quando il sonno tarda ad arrivare, al suo posto si affacciano i rimorsi. E il dolore.

Le persone che amavo, i miei amici, sono spariti il giorno in cui ho perso ogni cosa. Alcuni sono morti davanti ai miei occhi, cercando di sopravvivere all'assedio di quelle creature che fino a poco tempo prima erano persone come noi. Altri semplicemente sono svaniti nel delirio in cui è precipitato il mondo.

A volte, mentre mi sforzo di addormentarmi, nel buio riesco quasi a vedere i loro occhi, a sentire le loro voci che mi gridano di non fermarmi, di continuare a correre. E di ricordarmi di loro.

E poi... poi c'è lei. Anna. Se solo fosse al mio fianco, tutto sarebbe diverso, forse sarebbe più facile.

Ma questo schifo l'ha inghiottita, lasciandomi solo e svuotato.

Il destino sa essere crudele quando vuole e ha deciso che, quando il mondo ha iniziato la sua corsa folle verso la fine, noi dovevamo essere distanti.

Le comunicazioni, ora totalmente inesistenti se non attraverso le poche linee d'emergenza, sono state le prime a saltare e ogni mio tentativo di saperla almeno viva è stato inutile.

Appena il caos è scoppiato, ho provato a raggiungerla, ma sul mio cammino ho trovato soltanto fiamme e distruzione, mentre i sopravvissuti, deliranti e terrorizzati, si calpestavano l'un l'altro pur di riuscire a scappare. Per giorni e giorni ho setacciato ogni angolo della città, tra macerie polverose e corpi che a volte tornavano in vita. Più volte il mio cuore si è quasi fermato all'idea di incontrare il suo sguardo, trasformato dall'infezione.

Tuttavia, per fortuna o per disgrazia, non sono riuscito a trovarla, né in città né in nessun altro luogo, e da allora vago alla sua ricerca, il cuore diviso tra speranza e disperazione.

Un vecchio detto recita:
«Chi di speranza vive, disperato muore».
Per me sperare non costa più nulla.
In fondo io sono già morto con tutti loro.

CAPITOLO 1

RITROVARSI

Vi siete mai chiesti come vi comportereste durante un'epidemia zombie? Quale potrebbe essere il vostro destino?
Per gioco l'ho immaginato tante volte, dandomi sempre per spacciata, tra una risata e l'altra.
Ma quando per assurdo accade davvero, non esistono più scherzi né risate: qualcosa dentro di te scatta come una bestia selvaggia e da quel momento esisti soltanto tu e il resto del mondo diventa una minaccia.
Quando tutto va in pezzi, non è soltanto la realtà esteriore a cambiare. La diffidenza e l'egoismo prendono il sopravvento, e quello che prima era un volto amico si trasforma nel tuo peggior nemico.
Eppure io proprio non ce l'ho fatta. Ho continuato a cercare

del buono in questo mondo devastato... persino negli zombie! Forse è proprio per questo che sono finita in guai così grossi da rischiare di morire. Nella mia testa è tutto distante e confuso: solo un ricordo emerge definito dalla nebbia dei giorni.

Ero riversa sul pavimento di una casupola in rovina e guardavo il mio stesso sangue sporcarmi le mani e i vestiti, mentre le creature infette, emettendo spaventosi versi gutturali, si accanivano contro la porta goffamente sbarrata.

La ferita al fianco era un dolore sordo, e piano piano tutto intorno a me si affievoliva in un tenue mormorio. Il dolore e la solitudine scemavano lentamente in un quieto silenzio.

Stavo... morendo?

In fondo era meglio così.

Avevo già perso tutto, avevo perso i miei affetti, avevo perso lui. Lyon. Di lì a poco la porta avrebbe ceduto sotto i colpi degli infetti, e se l'emorragia non avesse fatto in tempo a portarmi via, ci avrebbero pensato loro. Finalmente avrei raggiunto i miei amici.

Una lacrima silenziosa mi era scivolata lungo la guancia, mescolandosi al lago rosso sul pavimento, mentre pensavo a quanto sarebbe stato doloroso morire in quel modo.

Quando, con un tonfo che avevo avvertito appena, la porta si era sfilata dai cardini, nella mia mente era balenata raggelante la consapevolezza che, in quella folle situazione, il mio destino sarebbe potuto essere anche peggiore della morte.

Poi, prima di perdere i sensi, avevo visto un guizzo rosso ondeggiare davanti ai miei occhi, mentre qualcuno – o qualcosa – ripeteva il mio nome.

«È una follia, te ne rendi conto?! Ci farai ammazzare tutti!»

La voce, roca e soffocata, arrivava da lontano eppure giungeva chiara, tanto stava urlando il suo proprietario.

«Ma te lo concederò. Da oggi sei in debito con me e presto verrò a chiedere il conto».

Poi sentii allontanarsi dei passi pesanti e cadenzati, mentre un'altra voce rispondeva: «Sissignore. Grazie, signor Generale».

Se fino a qualche istante prima vacillavo tra lucidità e oblio, al suono di quella voce spalancai gli occhi. Non potevano esserci dubbi.

Ero morta e lo avevo ritrovato. Lyon era ritornato da me e finalmente potevamo stare di nuovo insieme.

Ma se ero morta, allora perché tutto mi faceva così male? Perché riuscivo a malapena a tenere gli occhi aperti? E che cos'era quel dolore lancinante al fianco?

Tentai di parlare, ma un sapore ferroso mi inondò la bocca inaridita, provocandomi secchi colpi di tosse.

«Anna!» udii esclamare al mio fianco. «Ehi! Anna si è svegliata!»

Percepii qualcuno che si precipitava da me e mi prendeva la mano con tenerezza. Nonostante gli occhi chiusi sentii il suo sguardo su di me.

La mano che stringeva la mia tremava, e capii di non essere un bello spettacolo.

«S... so...» tentai di parlare, ma le mie corde vocali si rifiutarono di collaborare e ricominciai a tossire.

Qualche istante dopo avvertii un'onda fresca sulle labbra. Anche se a fatica, bevvi con avidità.

«Bevi piano» mi esortò la voce, mentre con una mano ora mi sorreggeva delicatamente la testa.

«Sono... morta?» chiesi infine, la voce ancora incerta, ma più chiara.

«Ci sei andata molto vicina, ma sei più tosta di quanto si possa credere» rispose un'altra voce. «Sei stata davvero fortunata».

Feci uno sforzo e aprii gli occhi. A poco a poco misi a fuoco l'ambiente intorno: ero circondata da pareti verde scuro e un soffitto basso delimitava l'interno di quella che pareva essere una tenda militare. Tastando sotto di me, riconobbi la superficie di una branda. Piegai lentamente la testa di lato e finalmente incontrai il suo sguardo.

Lyon.

Iniziai a piangere. Pensavo di averlo perso per sempre... Poi in lui notai qualcosa di diverso: quello sguardo sempre luminoso si era come... spento. Solo una scintilla lontana brillava in quegli occhi che non si staccavano dai miei.

«Ti credevo morto...» mormorai, la voce soffocata dalle lacrime.

«Fino a tre giorni fa anche io credevo di esserlo» rispose, accarezzandomi la fronte.

«E invece eccoci qui, tutti e tre vivi e vegeti... o quasi» ribatté l'altra persona nella tenda, avvicinandosi con un sorriso e appoggiando la mano sulla spalla di Lyon.

Di colpo ricordai. Quel guizzo rosso prima di perdere i sensi, la voce che mormorava il mio nome...

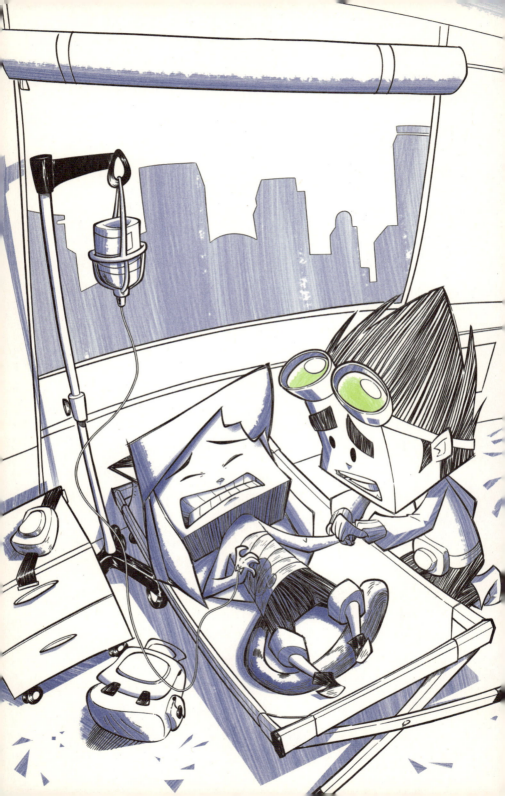

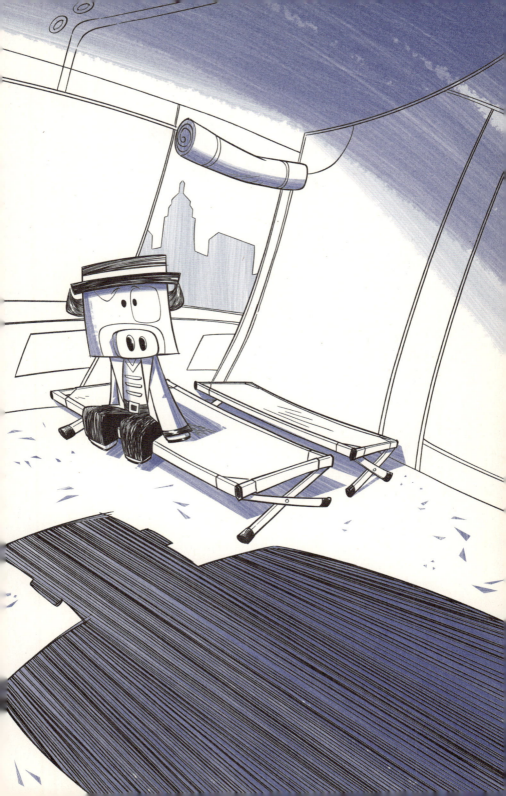

«Cico!» Ero sorpresa e felice di sapere che anche lui era soprav-vissuto. «Mi hai salvato la vita...» sussurrai.

«Avrai tutto il tempo per ringraziarmi. Ora vi lascio un po' da soli». E uscì dalla tenda, richiudendosela alle spalle.

Qualche istante dopo si sentì un vociare all'esterno: «Oh! Non vi azzardate ad avvicinarvi, eh! C'è gente che ha bisogno di pri-vacy qui! Smammate, via, sciò!»

Io e Lyon ci guardammo e scoppiammo a ridere, ma subito sus-sultai per il dolore.

«Vacci piano» disse lui. «Sei rimasta incosciente per tre giorni. Che paura che ho avuto!»

Tre giorni interi distesa su quella branda, in bilico tra la vita e la morte. Tre giorni di inferno per Lyon.

«Avrei dovuto cercarti di più» continuò lui con voce dura, pie-na di rimorso. «Non mi sarei dovuto fermare all'accampamen-to. Chissà che cos'hai passato... hai rischiato di morire là fuori, mentre io me la spassavo qui tra tutti i comfort...»

«Ehi!» esclamai stringendogli la mano. «Ma che cosa stai dicen-do? Niente di tutto questo è colpa tua».

Lo osservai con attenzione: il volto scavato e gli occhi infossati raccontavano tutto fuorché una vita serena.

«Che ti è successo, Lyon?» mormorai triste. «Che cosa hai do-vuto sopportare in tutti questi mesi?»

Man mano che riacquistavo lucidità, nuove domande si accalca-vano nella mia testa: che cosa gli era accaduto non appena tutto era iniziato? Sapeva dov'erano gli altri? Dove ci trovavamo? Ma quando cercai di indagare, lui mi fermò.

«Ora devi riposare, ne hai bisogno», e prima che io potessi ribattere aggiunse: «Domani cercherò di rispondere a tutte le tue domande, va bene?»

Per quanto volessi oppormi mi sentivo esausta, quindi annuii rassegnata, senza però lasciare andare la sua mano.

«Puoi restare con me finché non mi addormento?» domandai.

«L'avrei fatto in ogni caso» sussurrò con dolcezza, e qualche istante dopo ripiombai nell'oblio del sonno.

Ma il mio riposo fu tutt'altro che sereno. A un certo punto fui preda di un sogno fin troppo vivido.

Dopo qualche attimo di confusione, tipico dei sogni, riconobbi la voce di Cico, nervosa e incalzante.

«Sei sicuro che non ci creerà problemi? E se tentasse di disfarsi di lei?»

«Il Generale è un bastardo, ma abbiamo un accordo e niente lo fa gongolare più di sapere che gli sono debitore».

Quella era la voce di Lyon? Il suo tono preoccupato mi fece agitare. Per essere un sogno sembrava fin troppo reale.

«Per il momento siamo al sicuro, ma per prima cosa dobbiamo capire quanto sia grave la situazione».

Di che cosa stavano parlando? Era tutto così confuso.

«In ogni caso, se non l'ha eliminata appena siete arrivati, non la ritiene una minaccia. Almeno non ancora...»

Le voci sfumarono, e così come era iniziato il sogno terminò, facendomi scivolare di nuovo nel buio del sonno.

Quando addentai la galletta mi sembrò di assaggiare una prelibatezza.

Non mangiavo praticamente da giorni, e per quanto quei biscotti fossero mollicci e insapori, in quel momento sembravano un prodotto di alta pasticceria.

«Wow, è la prima volta che vedo qualcuno mangiare quella roba così di gusto!» esclamò Cico. «Se vuoi ho un paio di assi di legno sotto il mio materassino, sono certo che il sapore sia più o meno lo stesso».

«Falla finita!» esclamai spruzzando una nuvola di briciole. «Con la fame che ho, mangerei volentieri anche il tuo materassino, se condito con sale e olio!»

In mattinata il medico del campo mi aveva cambiato le fasciature. Con sua sorpresa, aveva detto, stavo rispondendo positivamente alle cure e non sembravano esserci danni interni: nel giro di un mese, dell'incidente sarebbe rimasta solo una cicatrice. Tuttavia, sembrava estremamente guardingo e prima di congedarsi volle parlare da solo con Lyon.

«... in ogni caso riporterò al Generale i risultati della mia visita» lo sentii dire fuori dalla tenda prima di andarsene a passo svelto.

Pochi istanti dopo Lyon rientrò. L'espressione cupa si trasformò nel migliore dei suoi sorrisi appena notò il mio sguardo interrogativo.

«Una delle seccature peggiori di vivere nell'accampamento del Generale è che, qualunque cosa accada, lui ne è al corrente» sbuffò infastidito, poi sedendosi su una delle brande vuote accanto a Cico continuò: «Sono pronto a rispondere a tutte le vostre domande».

Passammo l'intera mattinata a interrogare Lyon su qualunque dubbio ci passasse per la mente.

La prima cosa che scoprii era che anche Cico era stato considerato morto fino al giorno in cui ci eravamo presentati insieme all'accampamento. Il fatto che si trovasse nei paraggi della casupola era stato un vero e proprio colpo di fortuna: se lui non si fosse insospettito per l'insolito comportamento degli infetti, sarei stata spacciata. Man mano che ricostruivamo gli eventi che ci avevano condotti da Lyon, io e Cico ci rendemmo conto di avere una cosa in comune: non avevamo ricordi immediatamente successivi allo scoppio dell'epidemia. Quello più lontano risaliva a circa un mese prima.

«Niente di niente?» ci chiese Lyon in tono serio. «Non vi ricordate neanche come siete riusciti a sopravvivere ai primi attacchi all'interno delle città?»

Io e Cico scuotemmo la testa all'unisono, turbati da questo vuoto anomalo nella nostra memoria. Lyon, però, più che stupito sembrava agitato dalla scoperta e il suo strano atteggiamento venne notato anche da Cico.

«Lyon, c'è qualcosa che non ci stai dicendo? Sai qualcosa di quello che ci è successo?»

Il tono di Cico aveva una sfumatura ostile. Il suo sguardo era tagliente e perfino la sua postura era diventata più rigida: stava palesemente in guardia, come di fronte a una minaccia.

«No, cioè, forse...» si affrettò a rispondere Lyon. «Devo riflettere su ciò che mi avete detto. Insomma, potrei sbagliarmi...»

Avvertendo la nostra tensione, aggiunse con tono conciliante: «In questi mesi ne ho viste e sentite di tutti i colori. Forse potremmo riuscire a trovare la risposta a ciò che vi è accaduto, se sappiamo giocare bene le nostre carte e rivolgere le domande giuste alle persone giuste. Fidatevi di me».

Con quest'ultima frase riuscì in qualche modo a rasserenare l'atmosfera.

Dopo tutto questo tempo, una cosa non era cambiata: la capacità di Lyon di farci sentire in mani sicure.

Tuttavia, se i nostri racconti, per quanto brevi e confusi, erano fluiti con relativa facilità, riuscire a carpire da lui qualche dettaglio di ciò che aveva passato fu tutt'altro che facile. Spesso rispondeva alle nostre domande con lunghi silenzi. A differenza nostra, sembrava ricordare ogni istante vissuto da quando l'epidemia era scoppiata, e quei ricordi parevano aver scavato profonde ferite dentro di lui. Era chiaro che non fosse ancora pronto a parlarne.

Soltanto quando arrivammo al punto della storia in cui era entrato a far parte dell'accampamento del Generale, divenne più loquace.

«Certo, vivere qui è meglio di ogni altra opzione là fuori, ma i rischi sono altrettanto alti».

Presto scoprimmo che il Generale era tutt'altro che un benefattore. Il suo intento era creare una colonia militare che imponesse la sua supremazia su una terra ormai in preda al caos. Fino a quel momento, tuttavia, il Generale non era stato protagonista di azioni particolarmente ignobili, il che ci rese difficile comprendere tutto l'astio che Lyon provava per lui.

Lyon poi ci spiegò le regole per poter vivere nell'accampamento, che erano molto semplici:

1) non essere una minaccia per l'accampamento;

2) servire l'accampamento ed essere utili al suo mantenimento e alla sua sopravvivenza;

3) non tradire l'accampamento.

«Fintanto che sei utile, puoi restare. Per nostra fortuna sono riuscito a ottenere una sospensione degli incarichi fino a quando Anna non si sarà ristabilita, dopodiché ci verranno affidate delle missioni».

«Che tipo di missioni?» domandò Cico inquieto.

«In genere variano in base alle necessità della colonia. Di solito sono ricerca di provviste o armi, ma anche recupero e reclutamento di sopravvissuti. Comunque prevedo che nel nostro caso il Generale si divertirà ad affidarci le missioni più rischiose» rispose Lyon, seccato. «Vuole metterci alla prova. In particolare voi due. Nei mesi in cui sono stato qui gli ho dato modo di fidarsi di me, ma ora sarà sicuramente sull'attenti e cercherà in tutti i modi di farci andare via».

«E perché mai?» domandai, confusa. «Se non ci voleva poteva rifiutare di accoglierci fin dall'inizio!»

«Anna, il Generale è scaltro: cerca di avere dalla sua quante più persone capaci possibile, tuttavia pretende lealtà assoluta. Il solo sospetto di gruppi indipendenti all'interno della colonia costituisce una minaccia alla sua autorità. E la sua fiducia ci serve perché abbiamo bisogno della protezione dell'accampamento».

Avevo già capito dove tutto questo ci avrebbe portati: Lyon era un leader, e ora che aveva ritrovato me e Cico, i suoi compagni di sempre, avrebbe sopportato a fatica di obbedire a un tiranno.

«Lyon» domandai dopo alcuni minuti di silenzio, incerta se addentrarmi nell'argomento. «Noi sembriamo non ricordare nulla, ma... hai notizie degli altri?»

Per un istante il suo sguardo si rabbuiò. Avvertii un'ondata di dolore riempire lo spazio del tendone.

«Mario e Stefano non ce l'hanno fatta» disse in tono meccanico. Mi si aprì una voragine nel petto. Un dolore sordo salì rapido agli occhi e scivolò lungo le guance. Presi la mano di Lyon, che però restò ferma, bloccata come la sua mente in un momento passato che stava rivivendo.

Cico rimase zitto, lo sguardo fisso al pavimento e un'espressione dura sul volto spigoloso.

Quando Lyon riprese a parlare lo fece con lentezza, come a voler soppesare ogni parola.

«Non conosco il destino degli altri. A questo punto mi auguro che abbiano avuto la vostra stessa fortuna e che in qualche modo riusciremo a ritrovarli».

Dal diario di Cico

Tutto questo è assurdo.

Per quanto io mi sforzi di ricostruire gli eventi dei mesi passati, i miei ricordi arrivano solo fino a qualche settimana fa. Prima, c'è solo un buco nero.

A ogni mio tentativo di spingermi oltre, avverto strane sensazioni: odio, delusione, rabbia... paura.

È come se qualcosa mi avesse strappato via dalla testa tutti gli avvenimenti di questo disastro, e al loro posto rimanesse soltanto una macchia confusa di emozioni.

All'inizio ho pensato a un'amnesia dovuta al trauma dell'epidemia, o a qualche incidente che poi ho rimosso, ma allora perché anche Anna non ricorda niente? Quante possibilità ci sono che entrambi siamo stati vittime della stessa disgrazia?

Senza contare che, quando tutto ha iniziato a precipitare, Anna era lontana da casa. Ricordo ancora il panico in cui Lyon era sprofondato mentre le notizie si aggravavano, giorno dopo giorno.

>>> **28** <<<

Ora che ci penso, è uno degli ultimi ricordi chiari che ho.
Insieme a quello di una figura che si allontana, lasciandomi indietro... Ma questo, più che un ricordo, è un puzzle di emozioni e sensazioni, e si è come sbloccato di colpo il giorno dopo il nostro arrivo alla colonia.

Da allora non faccio che pensarci, tentando inutilmente di dare più corpo a questa ombra di ricordo, ma più ci penso più tutto diventa indefinito, fino al punto in cui non sono più certo se sia davvero un flashback o soltanto una creazione della mia mente.

Dannazione! Pensavo che ritrovando i miei amici avrei ottenuto delle risposte, e soprattutto avrei finalmente capito perché sento tutta questa rabbia dentro di me, invece ho solamente più domande. Domande alle quali Lyon non sembra capace di rispondere. O almeno è ciò che vuole farci credere. Lui sa qualcosa, gliel'ho letto nello sguardo, gliel'ho sentito nella voce, ma allora perché non ci dice niente? Perché non dà risposte nemmeno ad Anna? E, cosa ancora più strana: perché solo lui ricorda tutto?

E se fosse lui quella figura che mi ha lasciato indietro, a morire?

No. Non può essere. Lyon non lo farebbe mai, ne sono certo.

Quando siamo arrivati all'accampamento era così felice di vederci: e quando si è reso conto di come eravamo ridotti, ho notato la sua espressione farsi di vero terrore.
Effettivamente non eravamo un bello spettacolo.

Anna era ferita, tutta coperta di sangue, priva di sensi. Io per primo ho temuto di essere arrivato troppo tardi quando sono riuscito a entrare nella casupola assediata dagli infetti. Mi domando che cosa ci facesse Anna da sola al margine della foresta.

Quanto a me, be', sicuramente avevo visto giorni migliori. Non avevo ferite gravi, solo lividi, ma far fuori tutti quegli zombie aveva richiesto un certo impegno, e avevo i vestiti a brandelli.

In ogni caso ho fiducia in Lyon, e se lui mi dice che troverà il modo di darci delle risposte, io gli credo.

È del Generale che non mi fido. Ancora non so perché Lyon ce l'abbia tanto con lui, non ne ha voluto parlare, ma gli do ragione sul fatto che non è il tipo da ispirarti fiducia.

Dipendesse da me, arrafferei quante più scorte possibili e me la filerei alla prima occasione utile, ma devo ammettere che questo ritrovato senso di sicurezza non mi sta dispiacendo. Credo di meritare anche io un po' di tranquillità dopo tutto quello che ho passato.

D'altra parte, al momento è anche l'unica scelta che ho, se voglio restare con i miei amici. L'alternativa è tornare là fuori da solo, in mezzo ai banditi e agli infetti. E francamente ne ho avuto abbastanza sia degli uni sia degli altri.

Se non altro, sono certo che anche loro potrebbero dire di averne avuto abbastanza di me.

IN MISSIONE. INCONTRI INASPETTATI

I primi giorni all'accampamento furono per me di una serenità quasi dimenticata. Il medico del campo continuava a sorprendersi di quanto stessi migliorando rapidamente, tuttavia sembrava sempre più inquieto in mia presenza, e le sue visite duravano il tempo necessario al cambio delle medicazioni e a un veloce controllo generale.

Per quanto Lyon e Cico si sforzassero di essere allegri, sentivo che anche in loro qualcosa non andava, ma non ebbi il tempo di affrontarli poiché presto il Generale pretese la loro partecipazione alle missioni della colonia.

I ragazzi lasciavano il campo prima del sorgere del sole, spesso rimanevano fuori per più giorni e quando alla fine rientravano erano talmente esausti che ogni mio desiderio di ottenere risposte veniva superato dalla felicità di vederli sani e salvi.

Non solo il Generale stava iniziando a metterci alla prova, ma lo stava facendo nel modo più estremo possibile.

Dopo due settimane dal mio arrivo, ebbi finalmente il permesso di lasciare la tenda e di esplorare l'accampamento.

Mi sorpresi nello scoprire quanto l'organizzazione fosse impeccabile: le mura alte, sorvegliate da sentinelle e torrette mitragliatrici, proteggevano lo spiazzo in cui erano state erette numerose tende simili alla mia e gabbiotti nei quali i mercanti portavano avanti un'economia di fortuna. Armi, cibo in scatola, medicine, equipaggiamento militare, perfino parti di veicoli venivano venduti e comprati, non solo dai membri della colonia ma anche da forestieri che spesso capitavano nei pressi dell'accampamento.

Al centro della colonia svettava un unico edificio: un enorme fabbricato riconvertito in magazzino e centro di coordinamento. Al piano più alto si trovavano le stanze private del Generale: era da lì che sorvegliava incessantemente l'andirivieni di soldati e mercanti.

Dopo tre settimane, quando ormai stavo abbastanza bene per contribuire al sostentamento della colonia, arrivò anche il mio turno di partecipare alle missioni.

Fu in quell'occasione che incontrai il Generale per la prima volta.

Non so bene che cosa mi aspettassi ma, quando quella mattina ci convocò, rimasi perplessa. Era un uomo di età indefinibile, dalla postura rigida e perfettamente disciplinata.

Indossava la divisa dell'esercito e il suo volto era completamente coperto da un'ingombrante maschera antigas. L'unico dettaglio visibile erano i capelli castani tagliati cortissimi.

Quando parlò, la sua voce suonò roca e soffocata. La riconobbi all'istante: era la stessa voce che, al mio arrivo, aveva inveito contro Lyon mentre ero mezza svenuta.

Malgrado fossero nascosti dalla maschera, avvertii immediatamente i suoi occhi su di me. Mi studiavano come un animale studia un avversario.

«E così la signorina Anna è tornata dal mondo dei morti... o quasi».

Il tono era canzonatorio, ma qualcosa nella sua voce mi fece rabbrividire e non trovai la forza di ribattere.

«La sua cera non è delle migliori, tuttavia direi che ha vissuto a sufficienza sulle spalle della colonia e che è giunto il momento per lei di guadagnarsi il diritto di restare».

Il suo sguardo rimase puntato su di me. A ogni sua parola qualcosa nel mio petto scattava, però cercai di mantenere la calma. Stava chiaramente cercando di provocarmi, ma non riuscivo a capirne il motivo. Perché continuava a insistere sulla mia salute? Ormai stavo bene, a parte qualche acciacco.

«C'è chi si dichiara pronto a garantire per lei» continuò, voltando la testa verso Lyon dritto al mio fianco, «tuttavia sarò io ad avere l'ultima parola in merito».

Fece una pausa carica di tensione, poi proseguì: «Quaranta chilometri a ovest della colonia c'è un aeroporto civile. Da alcuni rapporti, abbiamo concluso che a bordo di uno degli aerei c'è un carico di medicinali, di cui l'accampamento ha estremamente bisogno, soprattutto ora che una parte è stata consumata per le cure della signorina Anna».

Un'altra provocazione. Ma perché gli stavo così antipatica?

«Il vostro incarico è recuperare quelle scorte e liberare l'aeroporto dagli occupanti, infetti o umani che siano. Si tratta di uno snodo di comunicazione strategico che deve assolutamente passare sotto il nostro controllo».

«Vi verrà fornito tutto l'equipaggiamento necessario, dal vestiario alle armi, e un veicolo con cui raggiungere la destinazione e trasportare il carico in sicurezza. Partirete tra un'ora. A bordo del veicolo troverete ciò che vi serve, compresa una mappa con la posizione esatta dell'aeroporto».

Io, Cico e Lyon restammo zitti e immobili in attesa del congedo del Generale, fino a quando lui, con tono beffardo, aggiunse: «È superfluo dirlo, ma se fallite, non scomodatevi a tornare».

E senza aggiungere altro sparì all'interno dell'edificio centrale.

«Ricordami perché siamo agli ordini di quel pallone gonfiato» sbuffai venti minuti più tardi mentre, a bordo della jeep, tentavo goffamente di indossare il felpone color prugna, decisamente troppo grande per me, fornito dalla colonia.

«Perché non abbiamo scelta, almeno per il momento» rispose Lyon. Stava cercando di destreggiarsi tra le indicazioni riportate sulla mappa. «Cico, credo che qui dovrebbe esserci un incrocio, dobbiamo svoltare a... destra. No! Sinistra...»

«Lyon, è la terza volta che sbagliamo strada» ribatté lui sconfortato. «Siamo capitati prima in una discarica, poi in un parcheggio e per finire sul ciglio di un crepaccio...»

«Che razza di idea stupida è mettere Lyon come navigator, lo sanno tutti che si perde ovunque!» esclamai.

«Già, come quella volta che ti sei perso in giardino...» si accodò Cico sghignazzando.

«Ehi! In mia difesa, in giardino era cresciuta l'erba alta!» sbottò Lyon risentito.

«Era il giardino di casa tua!» esclamai ridendo.

Per un attimo sentii un macigno sollevarsi dal mio petto. Avevo quasi dimenticato che cosa significasse chiacchierare spensierati con gli amici.

«Sarà meglio riassegnare i ruoli» ripresi togliendo la mappa di mano a Lyon, che non oppose resistenza. «Lyon: tu vai alla guida. Fra noi tre sei il migliore al volante. Cico: vieni dietro. In questo modo, se per caso venissimo assaltati da un gruppo di infetti, avrai facile accesso alla torretta sul tettuccio. Io faccio schifo a sparare, lo sapete. Infatti mi metterò davanti e darò le indicazioni».

Da quel momento il viaggio filò decisamente più liscio, salvo qualche colpo di testa di Lyon che, in un paio di occasioni, si improvvisò pilota di rally, rischiando di farci finire contro un albero. Per nostra fortuna non trovammo infetti lungo il percorso, anche se durante un tratto attraverso la foresta fui certa di aver visto una figura gigantesca muoversi tra gli alberi.

Era la prima volta che uscivo dalla colonia e, se da una parte la cosa mi faceva sentire libera, dall'altra ebbi modo di vedere che ne era stato del mondo dall'inizio dell'epidemia.

Nelle città, era come se il tempo si fosse fermato, catturando l'esatto momento in cui tutto era andato in pezzi e la civiltà aveva ceduto il passo alla follia. Su un balcone notai una fila di panni stesi per metà, la cesta ancora appoggiata sul pavimento. Solo dopo vidi una mano scheletrica spuntare, e immediatamente guardai dall'altra parte.

«Lyon» mormorò Cico a un tratto, «sarà meglio accelerare se non vogliamo avere brutte sorprese».

Annuendo, Lyon pigiò sull'acceleratore. L'atmosfera nell'abitacolo si fece di colpo più pesante, e anche all'esterno il sole pallido si nascose dietro una fitta coltre di nubi, tingendo di piombo la città abbandonata. Le facciate dei palazzi divennero spettrali, le vetrine sfondate dei negozi ora sembravano delle bocche piene di denti aguzzi. A ogni svolta trattenevo il respiro, per paura di trovare davanti a noi qualcosa di orribile. L'unico rumore nel silenzio era il ronzio meccanico della jeep che, sfrecciando tra le vie, cercava di guadagnarsi l'uscita da quella città fantasma.

«Ci siamo quasi» mormorai, quasi temendo che il suono della mia voce potesse attirare su di noi attenzioni indesiderate.

«Alla prossima gira a destra e dovremmo essere fuori...»

All'improvviso alle nostre spalle si udì un grido acuto e penetrante che ci fece drizzare i peli dietro la nuca.

«Che cos'è stato?» domandai in un sussurro.

«Lyon, non fermarti, ci siamo quasi...» incalzò Cico nervoso, voltandosi di continuo a controllare la strada.

Lyon continuò a guidare veloce, quando il grido vibrò di nuovo nell'aria, adesso più vicino.

«Dannazione!»

Mancavano poche centinaia di metri all'uscita della città, riuscivo già a vedere le punte scure dei pini svettare sui tetti delle ultime case abbandonate...

Una violenta folata di vento fece sbandare la jeep e il cielo, per qualche istante, si fece se possibile ancora più scuro. Mi spinsi in avanti per riuscire a vedere meglio fuori dal parabrezza e raggelai.

Una figura gigantesca, nera come il petrolio, sbatteva le ali sopra le nostre teste mentre, piroettando frenetica, si preparava a un nuovo attacco, stavolta intenzionata a non mancare il colpo.

Cico si sporse in avanti, infilando la testa tra me e Lyon, e gridò con quanto fiato aveva nei polmoni: «LYON, PIÙ VELOCE!!!»

Lui non se lo fece ripetere due volte. Con l'acceleratore al massimo, lanciò la jeep in una corsa furiosa verso la foresta.

«Se ci infiliamo tra gli alberi quella cosa non riuscirà a seguirci!» tuonò, mentre con una sterzata violenta deviava verso il muro di arbusti.

«Lyon, ci schianteremo!» urlai terrorizzata, mentre dall'alto uno strillo acuto annunciava l'imminente attacco della creatura.

Tutto accadde in una manciata di secondi: la jeep che sbandando si infilava a fatica nella foresta, il battito d'ali della creatura che per poco non ci fece finire contro un tronco, il suo grido furibondo e un fracasso di rami spezzati alle nostre spalle.

Lyon non accennò a rallentare e per diversi minuti la jeep continuò a saettare tra gli alberi. Il nostro pilota sembrava entrato in trance e schivava gli alberi con una maestria quasi sovrumana.

Nessuno di noi ebbe il coraggio di parlare, né tantomeno di guardarsi indietro per accertarsi che la bestia avesse rinunciato alla sua caccia. Solo il suo grido, distante e rabbioso, ci diede la conferma che eravamo riusciti a scamparla.

«Sapete cosa?» dissi alla fine con voce tremante mentre, dopo aver afferrato una penna dal portaoggetti, scarabocchiavo sulla mappa, in corrispondenza della città appena passata, una specie di pipistrello gigante. «Facciamo che al ritorno troviamo un'altra strada, eh?»

Da sempre, l'aeroporto civile veniva utilizzato per il trasporto merci e i voli privati, generalmente di personaggi noti che non volevano dare nell'occhio. Quando l'epidemia era iniziata, lavorava solo a metà regime, e questo spiegava i tanti hangar chiusi. Tuttavia, era impossibile che non ci fossero state vittime. Alcuni rottami anneriti dalle fiamme giacevano sulla pista davanti a noi, abbandonati al loro destino.

La recinzione era sfondata in più punti, il che ci rese più facile

intrufolarci, e un aereo schiantato a pochi passi risultò un nascondiglio perfetto.

«Dalle scarse informazioni che il Generale ci ha dato, possiamo dedurre che sicuramente questo aeroporto è 'abitato'. Se da infetti o banditi, questo è ancora da capire» analizzò Lyon con fredda lucidità.

Non lo avevo mai visto così distaccato. Ogni nostra avventura, anche la più pericolosa, era sempre stata il risultato della sua infinita curiosità, ma qualcosa aveva cambiato tutto. Di sicuro vivere nella colonia sotto il comando del Generale aveva spento il suo spirito intraprendente.

«Per prima cosa, dobbiamo riuscire a capire dove sono i medicinali, e sono abbastanza sicuro che il carico si trovi in uno degli hangar. La nostra opzione migliore potrebbe essere trovare le chiavi che aprono le porte di servizio. Qualche idea su dove potrebbero essere?»

«Negli uffici?» azzardai io incerta.

«Nell'officina dei meccanici?» tentò Cico.

«Sono entrambe buone idee. Se siamo fortunati, uno di voi potrebbe aver ragione, e aprire quegli hangar sarà una passeggiata» rispose Lyon annuendo pensieroso.

«E se non siamo fortunati?» chiesi preoccupata.

«Be', in questo caso le chiavi potrebbero essere nella tasca di qualche cadavere» disse. «Ma le chiavi potrebbe anche averle qualche infetto... o peggio» deglutì, cupo. «In ogni caso» riprese poi con maggiore slancio, «abbiamo già due possibili luoghi da controllare, quindi diamoci da fare».

Attraversare la pista dell'aeroporto fu un'esperienza quasi surreale: nell'immaginario collettivo l'aeroporto è un posto fremente di attività, fra viaggiatori in partenza, addetti che lavorano e rombi assordanti di aerei che atterrano e decollano continuamente. Ma quel pomeriggio – così come era stato per tanti mesi, e come sarebbe stato forse per sempre – gli unici rumori erano quelli dei nostri passi svelti sull'asfalto spaccato.

È sorprendente come la natura prenda il sopravvento, quando l'essere umano manda tutto a rotoli: l'intera pista era costellata di ciuffi verdi che, dopo essersi fatti strada con forza attraverso il cemento, avevano infine trovato la luce, e ora crescevano rigogliosi.

Correre a cielo aperto, senza ripari e nessuna certezza di essere davvero soli, sembrò allungare il tragitto all'infinito, e quando infine raggiungemmo gli hangar, ci infilammo quasi disperatamente nel primo capannone che trovammo aperto, come fossimo inseguiti da qualche orrenda creatura.

Purtroppo, però, nell'impeto finimmo contro alcuni barattoli di latta appesi al soffitto, causando un rumore che echeggiò a lungo. Bianchi in volto, ci scambiammo uno sguardo terrorizzato e ci nascondemmo dietro delle

enormi casse di legno stipate in un angolo, l'orecchio teso a captare il più piccolo rumore.

I minuti passavano lenti mentre tentavamo di soffocare i nostri respiri affannati che, quasi per dispetto, invece che calmarsi sembravano spaccarci i timpani.

Proprio quando stavamo per tirare un sospiro di sollievo, udimmo dei passi avvicinarsi all'ingresso del capannone, e due voci tuonarono nel silenzio.

«Ancora quei dannati cervi?» domandò seccata la prima.

«Già, mi sembra anche di vederla, quella bestiaccia che scappa nella foresta!» rispose la seconda, decisamente più alterata. «Se quell'imbecille di Marcus non si decide a riparare la recinzione, giuro che gli sparo! È la quinta volta in due giorni che gli animali fanno suonare questi barattoli del cavolo e, chissà perché, succede solo nel nostro turno di guardia!»

«Se scopro che è qualcuno che si diverte a fare scherzi, gli pianto una pallottola in testa. Andiamo» riprese poi la prima voce. «Il capo vuole vederci tutti tra venti minuti, e lo sai quant'è nervoso da quando gli altri sono arrivati».

Quando finalmente uno di noi si decise a rompere il silenzio, fu solo diversi minuti dopo che le voci erano sparite.

«Sembrava troppo bello che questo cavolo di aeroporto fosse vuoto...» sbottò Cico in un soffio.

«E a quanto pare si tratta anche di un gruppo bene organizzato» aggiunse Lyon mentre sbirciava fuori dal nostro nascondiglio, per poi uscire allo scoperto.

«E ora che si fa?» domandai ancora scossa. «Se questi banditi sono qui da molto, quante possibilità ci sono che non abbiano già trovato le scorte che cerchiamo?»

«Non perdiamoci d'animo» rispose Lyon mentre si avvicinava a una porta sperando che conducesse all'officina dei meccanici. «Cerchiamo di seguire comunque il pia... oh mio dio!»

«Che cos... PORCA VACCA! FERMA LÌ!» strepitò Cico subito dopo, bloccandomi con il braccio e impedendomi di avvicinarmi alla porta.

Prima ancora che potessi dire qualcosa, Lyon entrò nella stanza.

«Cico, dammi una mano. E tu» disse poi rivolgendosi a me, «cerca un telo qui intorno e non avvicinarti, chiaro?»

Il suo tono era così deciso che mi limitai ad annuire, poi corsi a recuperare quanto mi aveva chiesto. Quando finalmente feci ritorno con un enorme telo cerato, trovai Lyon ad aspettarmi davanti alla porta, visibilmente affaticato.

«Non ho trovato di meglio...» mi giustificai.

«Andrà benissimo» rispose lui secco, mentre Cico, pallidissimo, ricompariva dall'officina.

«Nessuna traccia delle chiavi» disse scuotendo la testa, poi afferrò goffamente i capi del telo che Lyon gli stava porgendo.

Mentre sparivano di nuovo nell'officina, intravidi un piede steso sul pavimento, con indosso solo il calzino.

La nostra perlustrazione si rivelò presto un vicolo cieco.

Ogni hangar aperto era già stato saccheggiato e riempito di ogni sorta di trappole: dalle catene fatte di barattoli agli strani marchingegni rotanti a motore, le cui eliche rischiavano di ridurti in poltiglia.

Con le officine fummo altrettanto sfortunati: la cosa più utile che riuscimmo a trovare fu una scatola di vitamine scadute.

«E ora che si fa?» chiese Cico sempre più scoraggiato. «Entrare negli hangar chiusi è impossibile senza le chiavi, e se anche provassimo a forzare le serrature, il baccano attirerebbe i banditi, che ci sarebbero addosso nel giro di trenta secondi».

«Ci restano ancora gli uffici!» ricordai io, cercando di essere ottimista.

«È vero» concordò Lyon. «Anche se a questo punto è chiaro che i banditi hanno stabilito il loro campo base proprio in quella zona dell'aeroporto».

«Maledizione! Il Generale si è proprio impegnato per sbarazzarsi di noi in un colpo solo!» sbraitò Cico, ora furente.

«Tranquilli. Con me al vostro fianco, ci vorrà molto più di un gruppetto di banditi per mandarvi al creatore!» ammiccò rassicurante Lyon, dandoci una pacca affettuosa sulla schiena. «Cerchiamo un modo per entrare, ho già pensato a come setacciare gli uffici senza destare troppi sospetti».

Anche stavolta Lyon sembrava sapere il fatto suo.

In una manciata di secondi, grazie a una porta di servizio lasciata incustodita, fummo dentro il palazzo degli uffici. I corridoi erano deserti, anche se un vociare distante indicava la presenza di numerose persone all'interno dell'edificio.

«Devono essere tutti alla riunione di cui parlavano quei banditi!» esclamai esultante. «Forse non siamo poi così sfortunati!»

«È un colpo di fortuna, ma non dobbiamo essere imprudenti» osservò Lyon mentre, dopo aver gettato un'occhiata fugace all'interno di uno sgabuzzino, ci spingeva dentro. «Voi aspettatemi qui. Sarò di ritorno in massimo dieci minuti».

«Ma...» io e Cico provammo a protestare.

«Niente ma! Dovete stare qui. Quando sarò là fuori da solo, non devo avere il pensiero di voi che andate a zonzo senza meta. Ok?»

Anche se contrariati, io e Cico annuimmo in silenzio. Pochi attimi più tardi ci ritrovammo da soli nel buio dello stanzino, in attesa del suo ritorno.

«E se gli succede qualcosa?» domandai dopo un po'. Le mie paure riaffiorarono come tentacoli da un abisso, minacciando di trascinarmi a fondo.

Avvertendo il tocco gentile di Cico sulla spalla, sussultai.

«Sa che cosa fare» disse deciso. «In tutti questi mesi senza di noi se l'è cavata. Tornerà».

Quando qualche minuto più tardi la maniglia scattò con un cigolio, Cico con un braccio mi spinse dietro di lui e impugnò la pistola, tenendola puntata contro la porta.

Il mio cuore iniziò a battere all'impazzata.

Dopo essere stati chiusi nello sgabuzzino per quella che ci era sembrata un'eternità, la figura che si stagliò di colpo nell'arco della porta apparve più scura della notte, circondata da un bagliore quasi accecante.

«Che cavolo ti sei messo addosso, Lyon?» esclamò Cico ripo-

nendo l'arma. «Quanto puzzi! Ma li hai rubati a un cadavere?!»
Ora che i miei occhi si erano riadattati alla luce, riuscii a vedere
di che cosa Cico stesse parlando: Lyon indossava un giubbotto
antiproiettile logoro, e sotto una camicia bianca a righe blu e
rosse, macchiata di chissà che cosa. In testa aveva calcata una
cuffia nera infeltrita. Qualche istante dopo nascose il sorriso
dietro una bandana nera, che si tirò fin sopra il naso.

«Tenete» disse porgendoci una manciata di abiti altrettanto
consunti e maleodoranti. «Non saranno di sartoria, ma ci aiuteranno a passare inosservati in mezzo a tutta quella marmaglia».

Cinque minuti più tardi camminavamo a passo sicuro tra i corridoi, indistinguibili da qualsiasi altro criminale, seguendo le
indicazioni che conducevano ai piani più alti, cioè agli uffici dei
dirigenti.

Solo in un paio di occasioni incontrammo qualche bandito, e ci
limitammo a scambiare un cenno di saluto con la testa, per poi
continuare la nostra avanzata.

«Come è possibile che nessuno si insospettisca nel vedere tre
tizi camminare per i corridoi?» domandai quasi paranoica,
mentre sentivamo un vociare sempre più forte.

«Mi sa che la risposta non ti piacerà...» disse Cico indicando
poco più avanti.

Eravamo arrivati in prossimità di una delle balconate interne
del palazzo, che si affacciavano sul padiglione centrale: una
decina di persone erano appoggiate alla balaustra e guarda-
vano verso il basso. Quando raggiungemmo il balcone, ebbi
un tuffo al cuore: la sala sotto di noi era stracolma di banditi,

tutti riuniti di fronte a tre persone che discutevano anima-
tamente.

«A occhio e croce, tra quelli là sotto e quelli affacciati, direi
che abbiamo a che fare con una sessantina di banditi» disse
Lyon in un soffio, gli occhi puntati verso quello che doveva
essere uno dei capi.

«Non ho mai visto un gruppo così numeroso!» mormorò Cico
inquieto, le nocche bianche strette al corrimano.

«Perché queste sono almeno tre bande» spiegò Lyon. «Ecco che
cosa intendevano prima con 'da quando gli altri sono arrivati'.
Sembra una specie di scontro territoriale. Forse si stanno divi-
dendo le zone per non calpestarsi i piedi a vicenda».

«In tal caso, prima ce ne andiamo da qui, meglio è» sentenziai
nervosamente. «Quando si accorgeranno che ognuno di loro
vuole la fetta più grossa, non voglio essere qui per vederlo».

Senza che nessuno badasse a noi, ci allontanammo dalla bal-
conata, imboccando rapidamente una delle rampe di scale che
conducevano all'ultimo piano.

A differenza degli altri piani, qui c'era calma piatta. Era strano
che non ci fosse nessuno di guardia.

Sfilammo lungo un corridoio che conduceva a un salottino su
cui si affacciavano alcune porte, e solo allora ci rendemmo conto che, al centro della stanza, un bandito se ne stava vigile, im-
bracciando un fucile.

Ci nascondemmo di scatto dietro l'angolo, imprecando silenziosamente per essere stati così incauti.

«Ok, vado avanti io. Se siamo fortunati, riusciremo a disarmar-

lo prima che possa crearci problemi» sussurrò Lyon, e senza aspettare una risposta uscì allo scoperto, avanzando verso il bandito come nulla fosse.

«Chi va là?!» gridò quello con voce acuta, allarmato e nervoso tanto quanto noi.

«Ehi, sto cercando un bagno» fece Lyon con disinvoltura. «Quelli di sotto stanno facendo un bel casino, e non mi va di scendere là in mezzo solo per due gocce».

Ci fu qualche secondo di silenzio, e quando iniziai a temere il peggio il bandito domandò con voce sconvolta: «Lyon...?»

Il cuore mi precipitò nello stomaco. Lo sguardo di Cico era confuso e scioccato quanto il mio.

Quel bandito conosceva Lyon?

«Scusami...?» domandò lui stupidamente dopo qualche attimo di sconcerto.

«Oddio, Lyon, sei davvero tu!» esclamò il bandito, la tensione sciolta in un'ondata di allegria nella voce. «Sono io, Alex!»

Dal diario di Anna

Non sto affatto bene.

Ho cercato di nasconderlo al medico della colonia, anche se lui avrà notato qualcosa di anomalo, e lo avrà sicuramente comunicato al Generale. È già sorprendente che abbia accettato di farmi restare all'accampamento.

Quel che è certo è che né il Generale, né il medico, né tantomeno Lyon e Cico devono sapere come stanno davvero le cose.

Ho intuito che i ragazzi sanno qualcosa, il dottore deve aver messo al corrente anche loro dei suoi sospetti. Tuttavia non si rendono conto di quanto sia realmente grave la situazione.

Ho capito subito che qualcosa non andava, e non parlo solo della guarigione rapida — quasi miracolosa — delle ferite. C'è dell'altro.

Ma come è possibile? Quegli infetti non mi hanno mai toccata. L'unica spiegazione è... no. Non voglio nemmeno pensarlo. Ciò che è certo è che i ragazzi non devono conoscere la verità. Non dovranno mai sapere che cos'è davvero successo in quella casupola nella foresta. Scoprire che è stato lui a farmi questo sarebbe peggio che crederlo morto. Proprio adesso che ci siamo ritrovati, proprio ora che stiamo ricostruendo ciò che era andato perduto, rischio di rovinare tutto.

Per ora il contagio sembra sotto controllo, non manifesto i sintomi tipici dei soggetti infetti.

Ma quei capogiri, i battiti che schizzano alle stelle, la vista che si offusca... Dura tutto qualche secondo, sarà successo al massimo quattro volte da quando sono alla colonia, ma devo stare molto attenta.

Non parlo di aggressioni. So di non essere così compromessa. Ma se il Generale sapesse delle mie condizioni, diventerei una minaccia per i miei stessi amici, e questo non deve accadere. Dobbiamo sfruttare la protezione dell'accampamento e di quell'uomo fintanto che ci sarà concessa. E nel frattempo io devo sforzarmi di tenere nascosti questi episodi, e cercare qualcosa che li plachi.

Non esiste una cura, questo lo so. Ma deve pur esserci una qualche sostanza che rallenti il decorso dell'infezione.

Davanti a tutto ciò che mi sta accadendo, ripensare agli ultimi attimi della nostra vita prima dell'epidemia mi fa quasi ridere.

Un litigio. Uno stupido, ridicolo litigio mi aveva spinta a fare i bagagli e a tornare dai miei. Una sciocca lite aveva messo fine ad anni di fidanzamento.

Che cos'è lo stress del lavoro, una discussione su chi debba lavare i piatti dopo cena, di fronte a tutto questo?

Ci voleva la fine del mondo per capire che l'unica cosa davvero importante era stare insieme?

INFEZIONE

Rimasi appiattita contro il muro, scambiandomi sguardi increduli con Cico.
Alex era vivo!
«Non ci credo» esclamò Lyon. «Alex, sei davvero tu!»
Incapace di trattenermi, feci capolino dal nascondiglio, e lo stesso fece Cico.
Alex si era sfilato il passamontagna da bandito e una folta chioma azzurra gli ricadeva disordinata davanti agli occhi ambrati, l'ampio sorriso che arrivava quasi alle orecchie.
Era davvero lui.
Non appena ci vide, sussultò e tentò di riprendere il fucile, ma quando ci riconobbe, il suo sorriso si allargò ancora di più.
«Anna! Cico!» esclamò. «Ci siete anche voi!»

Riabbracciarci fu indescrivibile. Circondata dai miei amici, la sensazione di angoscia che per mesi mi aveva oppressa sembrò alleggerirsi.

Lo stesso destino che ci aveva separati senza pietà all'inizio dell'epidemia si era messo lentamente in moto per riunirci tutti.

«Non posso credere che tu sia vivo!» ululai gioiosa, minacciando di strozzarlo, mentre Cico lo fissava con il suo solito ghigno. A modo suo, era davvero felice di rivederlo tutto intero.

«Alex, che cosa ci fai qui?» domandò Lyon, di nuovo serio. «Questo posto è una polveriera che sta per esplodere!»

«Nah, tranquillo» rispose lui, fin troppo calmo. «Il capo ha tutto sotto controllo...»

«Come, scusa?» lo interruppi. «Hai detto 'il capo'?»

«Sì, Steel Jack... Io sono nella sua banda» rispose lui, un po' confuso. «Voi a quale banda appartenete?»

Il gelo che riempì la stanza cancellò i sorrisi dai nostri volti. Nell'euforia di rivederlo, avevamo ignorato l'evidenza. Alex era un bandito.

«Da quanto?»

Mi voltai. Cico fissava Alex con occhi sbarrati, i muscoli tesi nello sforzo di restare calmo.

«Che cosa...»

«DA QUANTO SEI UN BANDITO?!»

Indietreggiai spaventata, mentre con uno scatto imprevedibile Cico si lanciava su Alex tentando di disarmarlo.

«EHI!» Lyon si mise fra i due, separandoli bruscamente. «Non è il momento di litigare!»

«Che cosa sta succedendo?!» chiese Alex. Le labbra gli tremavano.

«Alex» disse Lyon, «noi non facciamo parte di nessuna banda. Non siamo dei banditi».

«Che significa che non siete dei banditi?»

Mentre realizzava il senso di quelle parole, vidi la paura dilagare nei suoi occhi. Ogni secondo che passava, la nostra presenza nell'edificio non metteva in pericolo soltanto noi, ma anche lui. Di colpo imbracciò il fucile, senza però avere il coraggio di puntarcelo contro.

«MA CHE FAI?!» urlò Cico, impugnando a sua volta la pistola.

«Che cosa ci fate qui?! Come avete fatto a entrare?» La sua voce adesso era stridula.

«Alex, abbassa il fucile...»

«Lyon, non c'è tempo!» sbottò Cico, continuando a tenerlo sotto tiro.

Lyon lo ignorò.

«Ascoltami» continuò, guardando Alex. «Non so da quanto tempo tu sia con i banditi, né perché tu abbia scelto questa strada, ma là fuori ci sono altre possibilità...»

«Alex, vieni con noi» lo supplicai.

«Che cosa? Venire con voi?» domandò, poi si mise a ridacchiare istericamente. «Ma non capite? Una volta qui dentro, non c'è modo di uscire!»

«Noi siamo entrati» gli feci notare. «E abbiamo tutta l'intenzione di uscire».

«Vieni con noi» insisté Lyon. «L'accampamento è un luogo sicuro. E saremo di nuovo insieme...»

«Lyon» lo interruppe Cico. «Posso parlarti? Solo un momento».

Lui lo fissò per qualche istante, combattuto.

«Resto io con Alex» mi offrii, cercando di allentare la tensione. «Ma fate presto».

Una volta soli, io e Alex ci sedemmo su uno dei divanetti sfondati, in silenzio. Capivo la sua confusione, e avevo intuito anche il suo imbarazzo.

«Non ti hanno fatto del male, vero?» domandai.

Lui si voltò a guardarmi, sorpreso.

«Ma no! Insomma, a parte i soliti scherzi da camerata» iniziò lui, incerto. «Non sono il tipo di cui gli altri hanno paura, non lo sono mai stato... ma mi so far rispettare!» concluse poi con un sorrisetto.

«Alex, capisco i tuoi dubbi» lo rassicurai. «In un momento come questo, lasciare un luogo sicuro è una follia. Ma se vuoi venire con noi, sappi che l'accampamento del Generale è una vera e propria roccaforte. Non ti proporremmo mai di lasciare questo posto per finire a vagare nei boschi...»

«Accampamento del Generale?» domandò con improvviso interesse. «È lui che vi ha mandati qui?»

«Sì, siamo in missione» annuii. «Sappiamo che da qualche parte nell'aeroporto sono nascoste delle scorte mediche, ma finora non siamo stati fortunati...»

«Aaah! Forse ti riferisci al carico chiuso nell'hangar 9» esclamò Alex. «Ma non fanno mai entrare nessuno lì dentro e le chiavi le tiene il capo».

Fantastico. Non poteva andare peggio di così.

«Be', allora è più sicuro per te se resti qui» dissi sconsolata. «Se non facciamo ritorno alla colonia con i medicinali, il Generale ci metterà alla porta prima ancora di fare rapporto...»

Che stupida ero stata, a pensare che saremmo stati di nuovo tutti insieme e che le cose sarebbero tornate come prima! Ma che cosa mi ero messa in testa? Eravamo nel bel mezzo di una dannata apocalisse, niente di quello che desideravo sarebbe diventato realtà soltanto perché lo volevo.

«Potreste unirvi davvero ai banditi...» azzardò Alex poco convinto.

Ridacchiai con amarezza.

«Nah... Ce lo vedi Lyon a fare il bandito? Già fatica a obbedire agli ordini del Generale...»

Quando notai lo sguardo preoccupato di Alex, mi affrettai a rincuorarlo: «Non preoccuparti, ce la caveremo! Non è riuscita la fine del mondo a metterci fuori gioco...»

Lyon e Cico rientrarono nella stanza qualche istante dopo. Cico sembrava più calmo, ma era sempre guardingo, e quando i suoi occhi si posarono su Alex, si irrigidì impercettibilmente.

«Lyon, è ora di tornare all'accampamento e prepararci a fare le valigie» sbuffai, alzandomi dal divanetto.

Al suo sguardo interrogativo, gli spiegai che cosa avevo scoperto grazie ad Alex, e quando aggrottò la fronte, capii che anche lui era giunto alla mia stessa conclusione.

«Quindi finisce così?» domandò Cico. «Abbiamo viaggiato chilometri, affrontato orrori e indossato questi abiti puzzolenti per poi tornarcene al campo con la coda tra le gambe, solo per farci sbattere fuori?»

«Cico, siamo solo in tre» risposi sconfortata. «La chiave dell'hangar è nelle tasche di quel Metal Joe...»

«Steel Jack» mi corresse Alex, in evidente imbarazzo.

«Quel che è» ribattei, per poi continuare: «Giù ci sono almeno sessanta banditi, già abbastanza nervosi. Non abbiamo scelta...»

«Al diavolo!»

Ci girammo di scatto, spaventati, e vedemmo Alex con in braccio il fucile, che mirava alla serratura di una delle porte.

«Che cosa stai facendo?» domandò Cico confuso. La risposta fu un proiettile silenzioso che, con estrema precisione, sfondò la serratura, facendo spalancare la porta.

«Vi serve la chiave dell'hangar 9, no?» sbottò Alex, per poi tuffarsi dietro la grossa scrivania in un angolo della stanza. «Qual era la combinazione della cassaforte...?»

Lyon lo seguì a ruota, mentre Cico si fiondò di guardia sul pianerottolo.

Io rimasi a guardare Lyon che frugava in ogni angolo della stanza e si riempiva lo zaino di qualunque cosa ritenesse utile. Ero ancora stupefatta: Alex aveva scelto da che parte stare.

«Figlio di uno zombie, quali numeri hai scelto...?» imprecò spazientito, continuando a ruotare freneticamente la rotella della cassaforte.

«Muovetevi! Gli animi ai piani bassi si stanno scaldando!» gridò Cico dal fondo del corridoio.

«Ci sono quasi... Fatto!» esclamò poi Alex esultante. Nel pugno stringeva un mazzo di chiavi.

Lyon si voltò verso di lui, con un sorriso entusiasta come non ne vedevo da tempo.

«Grande, Alex!» esclamò. «Prossima tappa: hangar 9! Qualche idea su come uscire di qui?»

Qualcosa in lui si era riacceso: quella scintilla che solo una folle avventura era in grado di innescare.

Per nostra fortuna, Alex aveva una soluzione per lasciare l'edificio senza dare nell'occhio. Usando le scale antincendio, in pochi minuti ci ritrovammo sul retro del palazzo, mentre all'interno ormai la situazione stava degenerando.

Quando iniziammo a udire le prima urla, gettammo alle ortiche la cautela e iniziammo a correre a perdifiato verso gli hangar.

Fu in quel momento che mi resi conto che qualcosa non andava. Tra lo stress della missione e la corsa a perdifiato, il fianco iniziò a dolermi, e prima di poter dire una parola, crollai in ginocchio in mezzo alla pista.

Il primo ad accorgersene fu Alex, ma quando mi venne vicino si bloccò ed emise un grido allarmato.

«Che succede?!» esclamò Lyon girandosi di scatto ed estraendo l'arma, per poi abbassarla un secondo dopo e correre da me.

Io intanto respiravo affannosamente, e tutto intorno a me sfumava, confondendosi in un vortice di colori. Mi costrinsi a fissare l'asfalto, tentando di rimanere cosciente, e fu allora che una goccia densa e nera cadde a terra, seguita lentamente da altre gocce.

Mi toccai il naso con la mano che tremava.

Era il mio sangue.

Alzai lo sguardo, terrorizzata, soltanto per vedere lo stesso terrore negli occhi di Lyon. Poi svenni.

«Lyon, cerca di ragionare. Presto o tardi questa sarà la tua unica scelta...» udii Alex mormorare spaventato.

«Alex, basta!»

Uno scossone mi sballottò, e aprii a fatica gli occhi.

Mi trovavo nella jeep, che sfrecciava tra gli alberi. Ero distesa sul sedile posteriore, la testa appoggiata sulle gambe di Lyon.

«Ehi» mormorò lui sorridendomi. «Come ti senti?»

«Ci hai fatto prendere un colpo, Anna!» esclamò Cico dal posto di guida, lanciandomi un'occhiata dallo specchietto retrovisore. Spostando lo sguardo appena più a destra, incrociai quello di Alex: mi scrutava allarmato, quasi stesse osservando una bestia pericolosa.

Iniziai a ricordare che cos'era successo, e con i ricordi arrivarono il senso di colpa e la paura. Avevo fatto del male a qualcuno? Tentai di mettermi a sedere. Volevo solo rintanarmi in un angolo, lontano da tutti, tanta era la vergogna e il disgusto che provavo per me stessa. Ma Lyon mi tenne ferma.

«Non muoverti. Hai perso molto sangue».

Distolsi lo sguardo, avvertendo i miei occhi bruciare minacciosamente.

«Mi... dispiace...» mormorai a fatica, nascondendo le lacrime.

«Ma di che stai parlando?!» esclamò Cico.

«Siamo noi a doverti chiedere scusa» iniziò Lyon. «Non ti abbiamo detto tutta la verità...»

Feci capire a Lyon di volermi alzare, e stavolta mi aiutò a mettermi a sedere.

«Quanto manca alla colonia?» domandai.

«Mezz'ora e dovremmo essere lì» rispose Cico.

«Allora ferma la macchina» dissi a malincuore. «C'è qualcosa che devo dirvi».

Quel pomeriggio, in una piccola radura nascosta nel folto della foresta, confessai il mio segreto.

Quando Lyon e Cico svelarono di essere a conoscenza delle mie reali condizioni di salute, ammisi non soltanto di averlo sempre saputo, ma che le cose stavano anche peggio. Raccontai dei miei malesseri e dei miei tentativi di nasconderli a loro e alla colonia.

«Lo vedete?» esclamò Alex, che fino a quel momento si era tenuto in disparte. «Sta peggiorando sempre di più!»

«Di che cosa stai parlando?» domandai, con il cuore che batteva fortissimo.

«All'aeroporto, quando hai avuto quel malore...» iniziò Lyon, senza sapere come continuare.

«Non eri solo pallida» continuò Cico, venendogli in soccorso.

«Eri diventata praticamente verde!»

«E avevi gli occhi quasi bianchi!» esclamò Alex.

«C'è dell'altro» riprese Lyon, visibilmente preoccupato. «Il sangue che hai perso... era nero».

Questo lo ricordavo. Avevo impiegato una manciata di secondi prima di rendermi conto che le gocce che si schiantavano pesanti sull'asfalto, simili a catrame, erano il mio stesso sangue.

«Non c'è altro da fare. Se lei è infetta, noi siamo in pericolo!» esclamò Alex. «Ma se la uccidiamo, avremo ancora qualche possibilità di tornare...»

Il mio cuore venne avvolto da una nebbia gelida. Tuttavia sapevo che non c'era altra soluzione.

«Ma che cosa accidenti stai dicendo?!» sbraitò Cico afferrandolo per il colletto della felpa. «Non ti fai schifo anche solo per aver pensato certe cose?!»

Lyon aveva estratto la pistola e la puntava verso Alex.

«Ho sopportato fino a ora i tuoi capricci» disse freddamente. «Non farmi pentire di essermi fidato di te e di averti trascinato via da quel macello».

«Ragazzi» dissi rassegnata. «Alex ha ragione. Se tornate all'accampamento senza di me, e con le scorte mediche, il Generale non avrà problemi ad accogliervi...»

«Anna, non abbiamo trovato nulla in quell'hangar» rispose Lyon. «A eccezione di qualche benda e di una piccola borsa di medicinali che i banditi devono avere dimenticato lì, era completamente vuoto».

«E mi meraviglia che questo qui non lo sapesse!» sbraitò Cico scuotendo Alex come un sacco di patate.

«Vi giuro che non ne sapevo nulla!» esclamò lui piagnucolando. «Devono averle spostate in un luogo più sicuro. Ci sono stati attacchi all'aeroporto ultimamente... Magari qualcuno le ha rubate prima di voi...»

All'improvviso il silenzio del bosco fu spezzato da uno scricchiolio statico, seguito da una voce bassa e metallica.

«Qui è il Generale, richiedo immediato rapporto».

«Maledizione!» sbottò Lyon afferrando la ricetrasmittente. «Ho dimenticato di spegnere questo aggeggio».

«Lyon, che facciamo?!» mormorò Cico nel panico.

«Lyon, insulso omuncolo, se mi ricevi ti ordino di rispondere immediatamente!»

Lyon ci fissò per qualche momento, incerto, quindi attivò le comunicazioni e iniziò a sparare in aria. Dopo un attimo di spavento, Cico afferrò il fucile, corse in mezzo agli alberi e sparò a sua volta verso il cielo.

Capii che cosa stavano cercando di fare.

Lanciai uno sguardo ad Alex, che mi fissava impaurito e confuso. Poi presi la mia arma e, impugnandola saldamente, sollevai il braccio in alto e cominciai a sparare.

Fu allora che anche Alex tirò fuori una piccola granata dallo zaino. Dopo avermi sorriso, la lanciò nel bosco. Lo scoppio fece tremare la terra sotto i nostri piedi.

>>> **65** <<<

In quel momento, Lyon interruppe la comunicazione. Dopo qualche secondo di silenzio, una risata gracchiante vibrò attraverso la radiolina.

«Che branco di idioti! È stato quasi troppo facile, non mi hanno dato nemmeno la soddisfazione di toglierli di mezzo io stesso».

Il Generale aveva lasciato aperto il canale di comunicazione.

Si udì poi un mormorio distante, seguito ancora dalla voce del Generale.

«Hai quel rapporto che ti ho chiesto dal LIRI?»

In silenzio ci riunimmo tutti intorno alla radiolina.

«Bene. Progressi con il siero?»

Un altro mormorio indistinto, seguito da un tonfo che ci fece sussultare.

«Dobbiamo riuscire a controllare l'infezione! Voglio dei risultati entro cinque giorni! O...»

All'improvviso la comunicazione si interruppe con un ronzio e nella radura scese il silenzio.

Ci scambiammo sguardi carichi di domande, poi Lyon si fiondò nella jeep e ritornò da noi con una mappa della zona.
«Che cosa diavolo è questo LIRI?» domandò Alex, aiutandolo a stendere la mappa sull'erba.
«Laboratorio Internazionale Ricerca Infettiva» recitai io.
«Pensi che il siero di cui stava parlando il Generale sia...» iniziò Cico fissando Lyon, che scorreva febbrilmente il dito sulla cartina.
Dopo qualche minuto, finalmente fermò il dito in corrispondenza di una grande catena montuosa. Accanto a un pallino rosso su una cima, era stampata a caratteri scuri la sigla 'LIRI'.
«La jeep non ce la farà mai ad arrivare così lontano!» esclamò Alex. «Dovremo fermarci alla città più vicina sperando di trovare della benzina...»
«Cos'è, vuoi venire con noi? Hai cambiato idea?» sbottò Cico, acido.
«Sentite, sono stato orribile. Ed egoista. Ho avuto paura, ok? Ma mi avete salvato, nonostante ciò che è successo e chi sono diventato. Voglio aiutarvi. Come ai vecchi tempi. E scusami, Anna».
Parlò talmente in fretta da restare senza fiato e poi abbassò lo sguardo, attendendo il giudizio che gli avrebbe cambiato la vita.
«Salite in macchina, abbiamo tanta strada da fare» disse Lyon con un mezzo sorriso. «E, Alex? Bel lancio, con quella granata».

Dal diario di Alex

Entrare a far parte di un gruppo di banditi non è quasi mai una scelta.

Quando però ti ritrovi da solo, durante la fine del mondo, e non sai se quelli che conoscevi sono morti o ti hanno semplicemente abbandonato per mettersi in salvo, anche il più brutto dei ceffi che ti risparmia la vita è una salvezza.

Non sarò certo il migliore dei banditi, forse sarò anche il più codardo, ma Steel Jack e i suoi sgherri mi hanno comunque accettato tra le loro fila, dato un tetto sopra la testa e due pasti caldi al giorno (forse anche tre, ma questo è meglio non farlo sapere al tipo che gestisce le scorte di cibo...)

Sono con loro da pochi mesi, eppure ho la sensazione che siano molti di più.

A volte di notte mi sveglio di soprassalto, senza riconoscere il luogo in cui mi trovo o le persone che mi circondano.

Nella testa si affollano immagini confuse di dolore e paura, ma tutto dura solo qualche istante, prima di rendermi conto che è solo un sogno.

Ho spesso delle amnesie. La prima volta in cui mi hanno detto che dall'inizio della catastrofe è già passato più di un anno, non volevo crederci. I conti non tornano... Ci sono mesi interi di cui non ho affatto memoria, come è possibile?!

Eppure ricordo chi sono, ricordo il mio passato, la mia famiglia, i miei amici. I miei amici... Pensavo fossero tutti morti. Ne ero certo.

Per me era più facile credere che non fossero sopravvissuti, invece che coltivare il dubbio e la paura di essere stato abbandonato. E rivedere Lyon, Cico e Anna insieme, all'aeroporto, è stato un colpo enorme.

Giurano di essersi ritrovati da poco, che ognuno di loro fino a quel momento aveva affrontato l'epidemia da solo.

E io voglio crederci. Ci sto davvero provando.

Ma un ronzio nella mia testa, impossibile da mettere a tacere, continua a ripetermi che stanno mentendo.

Che hanno approfittato di me per farsi aiutare.

Che a loro di me non è mai importato nulla.

E che la verità è che, all'inizio dell'epidemia, mi hanno lasciato indietro.

Allora, che cosa fare?

Fidarsi di un amico che potrebbe averti tradito o di chi, per quanto sia la persona peggiore del mondo, ti ha salvato la vita quando ogni altro ti aveva abbandonato?

NELLA CITTÀ ABBANDONATA

«Come ti senti?»

Avevo ancora gli occhi chiusi e la schiena premuta contro il sedile della jeep, ma riconobbi la voce di Alex al mio fianco. Gocce di sudore freddo mi imperlavano la fronte, ma pian piano mi stavo riprendendo.

Lyon si voltò a guardarmi, prima di riportare gli occhi sulla strada, mentre Cico gli faceva da navigator.

«Alex... non devi farlo per forza» dissi a fatica. «Capisco le tue paure, non devi rischiare più di quanto ti senti di fare».

Lui coprì l'ago della siringa con il cappuccio e la mise in una busta trasparente. Il tintinnio della fiala di vetro vuota mi penetrò nella testa.

«Quante dosi sono rimaste?» domandò Lyon, stavolta senza girarsi.

Alex frugò nella borsa dei medicinali che avevamo recuperato nell'hangar dell'aeroporto, e qualche istante dopo tirò fuori alcune fiale contenenti un liquido azzurro acceso.
«Ne restano solo quattro» annunciò un po' preoccupato. «Ma sono certo che una dose la stabilizzerà per un bel po'».
«Siamo ancora distanti dalla prossima città, approfittane per riposare» mi consigliò Cico, mentre io già scivolavo in un sonno profondo.

Dopo la messinscena ai danni del Generale e la conseguente decisione di abbandonare la colonia, io e i ragazzi eravamo partiti alla volta della città più vicina, in cerca di cibo e benzina per raggiungere la nostra meta: il laboratorio del LIRI, a nord del Paese. Tuttavia l'ultima crisi mi aveva provata notevolmente, e le mie condizioni erano peggiorate durante il viaggio. La sorte aveva voluto che, tra i pochi medicinali recuperati all'aeroporto, ci fossero delle fiale di antivirale Z, una sostanza in grado di bloccare provvisoriamente l'avanzare dell'infezione e di ridurre al minimo i sintomi. Non era una cura, ma ci avrebbe permesso di guadagnare tempo per raggiungere il laboratorio e scoprire se sulle montagne stavano davvero cercando di combattere l'epidemia.

Quando mi risvegliai, ero sola nell'abitacolo. La jeep era ferma in un luogo che non conoscevo e immediatamente la paura si impadronì di me.
Dov'erano gli altri? Era accaduto loro qualcosa? Senza pensarci, aprii la portiera e uscii.

Una folata di vento gelido mi fece rabbrividire. Intorno a me alti palazzi grigi dalle mille finestre cieche svettavano tentando di toccare il cielo plumbeo. Il silenzio era interrotto solo dall'ululare del vento che vagava negli edifici abbandonati, correndo tra i corridoi vuoti.

Mentre mi guardavo intorno, cercai di riflettere. Per parcheggiare in quel punto e lasciarmi dentro la jeep, i miei amici dovevano essersi allontanati di poco e di sicuro contavano di ritornare presto. Feci qualche passo verso quella che sembrava la strada principale, quando una voce alle mie spalle mi fece sussultare.

«Principessa, ti sei persa?»

Mi voltai di scatto, terrorizzata.

Un uomo, o quel che ne restava, mi fissava con occhi scavati, iniettati di sangue. Il volto scarno era coperto di macchie scure, i capelli scompigliati e radi mostravano ampie porzioni del cranio. E i suoi vestiti erano sporchi di sangue, in alcuni punti ancora fresco.

Con mano tremante cercai la pistola al mio fianco, ma mi resi conto troppo tardi di averla lasciata in macchina. L'uomo estrasse un coltello, sorridendo con sguardo folle.

«Ti hanno lasciata qui sola soletta? Che peccato...» disse avanzando verso di me. «Ma non preoccuparti! Ci prenderemo noi cura di te...»

Scattai verso la jeep e aprii la portiera anteriore. Le chiavi non c'erano.

«Maledizione!»

Lyon doveva averle portate con sé. Dietro di me udii dei passi farsi sempre più vicini. Lasciai perdere la jeep e iniziai a correre verso i palazzi.

Lo scalpiccio alle mie spalle crebbe di intensità e, quando mi voltai a guardare, al primo inseguitore si erano unite altre persone, uomini e donne, tutti ridotti nelle stesse condizioni.

Continuai a correre a perdifiato imboccando una stradina sul fianco di un palazzo, ma mi resi conto troppo tardi di essere finita in un vicolo cieco. Quando mi girai, loro erano lì, con i sorrisi folli e gli occhi accesi di fiamme.

«Fine della corsa, principessa».

Ero in trappola.

Gridai con quanto fiato avevo in gola, ma la mia voce si perse tra le mura alte dei palazzi.

«Che cosa volete farmi?» domandai terrorizzata, cercando di prendere tempo.

«Vedrai, principessa, ti piacerà!» rispose l'uomo.

Dal gruppo si levarono delle risate crudeli da far venire la pelle d'oca. Feci qualche passo indietro, e sentii qualcosa scricchiolare sotto le mie scarpe. Vetro.

Afferrai al volo una grossa scheggia, ferendomi la mano, e la puntai contro di loro.

«Se devo morire, porterò con me quanti più possibile di voi!»
Una goccia di sangue scuro scivolò lungo la mia mano, cadendo a terra.

«Che spreco» disse uno degli inseguitori.

«Non buttarlo via così!» ululò un altro agitandosi.

Il capo mi fissò con un ghigno folle, mentre un rivolo di saliva gli scendeva lungo il mento.

«Hai firmato la tua condanna, principessa».

In un istante si lanciarono su di me come lupi affamati.

Strinsi il pezzo di vetro, ma la paura mi paralizzò. Percepii come da una grandissima distanza il rumore della porta di un palazzo che si spalancava, e quando mi sentii afferrare per un braccio e trascinare via non opposi resistenza.

Piombai nel buio di uno scantinato e udii uno schianto metallico alle mie spalle. I miei inseguitori, schiumanti di rabbia, si lanciarono contro la porta, ma non riuscirono ad abbatterla.

Mi accasciai a terra e solo allora avvertii il dolore lacerante alla mano. Lasciai cadere la scheggia e subito dopo mi sentii afferrare con delicatezza il palmo ferito. La persona che mi aveva salvato la vita lo fasciò abilmente, senza dire una parola.

«Chi... che cosa erano quelli?» domandai ancora tremante.

«Cannibali» rispose una voce un po' gracchiante. «Stai bene?»

«Sì. Io... grazie» risposi, mentre una strana sensazione mi si faceva largo nel petto. Nel sentire quella voce, l'ombra di un ricordo era riemersa nella mia testa. Era qualcosa di familiare.

Ma nonostante i miei occhi stessero cercando di adattarsi al buio, non riuscii a scorgere i lineamenti del mio salvatore.

Prima che potessi dire qualcosa, lui mi anticipò, alzandosi in piedi e aiutandomi a fare altrettanto.

«Vieni. I tuoi amici ti stanno aspettando».

«Lyon e gli altri sono qui?!» esclamai, sorpresa e sollevata.

Lui non rispose, ma afferrò un lembo della manica della mia felpa e mi aiutò a salire una scalinata, finché non ci fu abbastanza luce perché avanzassi da sola.

Fu allora che riuscii a vederlo. Davanti a me c'era un ragazzo allampanato, con una grossa maschera antigas calcata sul viso. Ogni parte del suo corpo era coperta da vestiti, e perfino le mani erano nascoste da un paio di grossi guanti neri.

Mentre percorrevamo i corridoi della palazzina, rimanemmo in silenzio.

Lo osservavo camminare con passo talvolta malfermo, e continuavo a ripensare a quella strana sensazione provata nel buio dello scantinato.

«Come ti chiami?» domandai infine, ma lui non rispose e continuò ad avanzare fino alla porta di un appartamento.

«Siamo arrivati». Aprì l'uscio e si fece immediatamente di lato.

Lyon si lanciò verso di me, abbracciandomi forte. «Anna! Grazie al cielo stai bene! Sei ferita? Che cos'è successo alla tua mano?» snocciolò tutto d'un fiato.

«Tranquillo, sto bene! Se non fosse stato per lui, probabilmente ora sarei nello stomaco di un gruppo di cannibali... Piuttosto, voi come siete finiti qui? Come vi è saltato in mente di lasciarmi nella jeep da sola?!»

«Siamo rimasti a secco!» esclamò Alex.

«La jeep ci ha lasciato a piedi nel punto in cui ti sei risvegliata» spiegò Lyon.

«Secondo la mappa, a qualche decina di metri avremmo trovato un distributore, quindi abbiamo pensato di andare da soli, mentre tu ancora riposavi» continuò Cico in tono dispiaciuto.

«Ma quando siamo arrivati lì, il posto era pieno di infetti e cannibali» riprese Lyon serio. «Siamo riusciti a riempire una tanica e poi abbiamo cercato di attirarli nella direzione opposta a dove ti trovavi tu, ma erano davvero troppi. A quest'ora, non fosse stato per Giorgio...»

La voce di Lyon divenne un mormorio indistinto. Il mio salvatore si sfilò con lentezza la maschera antigas per mostrare un volto sottile e degli occhi grandi e scavati che conoscevo perfettamente.

Avvertii il sangue abbandonare il mio viso e un freddo terribile attanagliarmi il petto.

«Ciao, Anna» mormorò Giorgio accennando un saluto con la mano.

Cercai di parlare, ma la voce mi morì in gola.

Lui mosse qualche passo verso di me, chiaramente per abbracciarmi, ma io non riuscii a imporre al mio corpo di fare altrettanto. Era tutto così surreale... I ricordi nella mia testa si misero a vorticare, ma mai come in quel momento dubitai di me stessa. Era reale o era soltanto un incubo quel momento nella casupola della foresta in cui Giorgio, con sguardo folle, aveva estratto dalla tasca una siringa gialla e l'aveva conficcata nella ferita sul mio fianco?

Anche lui doveva aver intuito i miei pensieri, perché per un istante il suo sorriso tremò.

«Anna, stai bene?» domandò Lyon fissandomi preoccupato. «Sembra quasi che tu abbia visto un fantasma!»

Abbozzando un mezzo sorriso, raggiunsi Giorgio e lo abbracciai. Mentre ricambiava l'abbraccio, avvertii la sua mano premermi sul fianco, proprio in corrispondenza della ferita. Sussultai, allontanandomi di colpo, e notai uno strano bagliore nei suoi occhi.

Lui... ricordava? Dunque quelle immagini terribili nella mia mente erano reali?

«Giorgio ci ha raccontato di quanto sia stato difficile per lui sopravvivere qua fuori, soprattutto da quando i cannibali hanno invaso la città» spiegò Alex.

«Sei stato per tutto questo tempo da solo in questa città abbandonata?» domandai io, cercando di capire se stesse davvero nascondendo qualcosa.

«Per un po' ho vagato nei boschi, incontrando di tanto in tanto qualche piccolo accampamento» rispose lui con noncuranza.

«Almeno finché non è diventato difficile muoversi...»

Fu allora che me ne resi conto. Le pupille dilatate, il sudore che gli copriva la faccia, le mani tremanti e quel colorito pallido, troppo pallido...

«Giorgio... tu sei infetto» mormorai a fatica.

Tutti nella stanza si voltarono verso di lui.

«Cos... Di che cosa stai parlando?» balbettò lui nel panico. «Ma no, sono solo molto stanco. Quei mostri, là fuori, non puoi dormire per più di due ore a notte senza che loro...»

In tutta risposta sollevai la felpa, scoprendo il fianco. Dalla cicatrice si dipanava una ragnatela sottile di capillari violacei. Se possibile, Giorgio divenne ancora più pallido, lo sguardo incollato alla mia ferita.

«So di che cosa parlo» sentenziai, fissandolo.

Immediatamente tutti estrassero le armi, tenendo Giorgio sotto tiro.

«Ragazzi... che cosa fate?!» esclamò lui, piagnucolando. «Non sono pericoloso, lo giuro!»

«Un momento!» disse Alex, frugando nella borsa. Tirò fuori una siringa e una delle fiale. «Forse con questo starai meglio... con Anna ha funzionato!»

«Che cos'è quella roba?» domandò Giorgio diffidente.

«Antivirale Z. Non è una cura, ma stabilizza le tue condizioni e riduce i sintomi dell'infezione» gli spiegai senza togliergli gli occhi di dosso. Il mio cuore era spaccato: Giorgio era nostro amico, ed ero felice di rivederlo, ma gli ultimi ricordi che avevo di lui erano terribili.

«No, lasciate perdere. Non ne vale la pena...» replicò lui sulla difensiva.

«Ma che cosa stai dicendo?» ribatté Cico. «Non è una soluzione, ma ti farà guadagnare tempo!»

«Stiamo andando verso nord» si accodò Lyon. «Ci sono dei laboratori che pare stiano studiando una cura. Potresti guarire...» Lo sguardo di Giorgio saettò febbrile da un volto all'altro, le mani che tormentavano i lembi della felpa.

«No, davvero... per me è troppo tardi...» balbettò sempre più agitato, facendo un passo indietro.

«Non dirmi che hai paura degli aghi?» scherzò Alex, avvicinandosi con la siringa.

Quando Giorgio guardò Alex, intravidi un bagliore ferino nei suoi occhi, l'ombra di qualcosa di disumano dietro il volto contaminato dall'infezione.

«Alex!» esclamai allarmata, tentando di fermarlo.

«TI HO DETTO CHE NON VOGLIO!»

Fu terrificante. Gli occhi di Giorgio ora erano completamente iniettati di sangue. La pelle aveva assunto un colorito verdastro e le labbra violacee lasciavano scoperti i denti digrignati.

Con un colpo violento, scagliò Alex lontano, ma quando fece per gettarsi su di lui, Cico e Lyon lo fermarono, puntandogli le pistole alla testa.

Rimasi a fissarlo pietrificata mentre lentamente tornava in sé e ci scrutava con sguardo terrorizzato e colpevole. Solo quando udii sbattere la porta alle mie spalle, mi resi conto che Alex era scappato via.

«Vi prego...»

Giorgio era rannicchiato sul pavimento, il volto rigato dalle lacrime.

«Uccidetemi, vi prego... questa non è vita...» implorò.

Ogni mia certezza vacillò. Nonostante la rabbia per ciò che era accaduto, adesso davanti a me vedevo solo un ragazzo spezzato dal virus, a malapena capace di controllare se stesso.

«Giorgio» disse Lyon, senza abbassare l'arma, «vieni con noi. L'antivirale Z ti aiuterà a tenere l'infezione sotto controllo fino al nostro arrivo al laboratorio. Hai ancora una possibilità...»

«No. Per me è troppo tardi» sentenziò lui con voce priva di emozione. «Quello che ho fatto ad Alex potrebbe ricapitare. E io non voglio farvi del male...»

«Piantala di dire sciocchezze e alzati!» esclamò Cico con trasporto.

Con mano tremante, Giorgio afferrò la canna della pistola di Lyon, trascinandosela contro la fronte.

«Se deve succedere, voglio che sia tu a farlo. Non voglio diventare uno di quei mostri».

Poi guardò Lyon implorante, e io di colpo capii che in quella stanza era già stata presa una decisione.

«Lyon, no!» esclamò Cico sconvolto. «Non puoi farlo! C'è ancora speranza!»

«Cico, non è una nostra scelta...» rispose Lyon, continuando a guardare Giorgio negli occhi.

«Lyon, ti prego! Porterai il peso di questa scelta per tutta la vita...» mormorai.

Quando Giorgio parlò, lo fece con voce rassegnata ma serena.
«È stato bello potervi rivedere prima della fine. E per quel che vale, vi chiedo di perdonarmi...»
Spostò lo sguardo su di me, e iniziai a piangere.
«Devo uscire da qui, subito» esclamò Cico furente. «Lyon, stai facendo un enorme sbaglio».
Non attese la risposta, e se ne andò sbattendo la porta.
«Gli passerà e capirà...» disse Giorgio con un mezzo sorriso.
Mi inginocchiai al suo fianco e, mossa da una forza invisibile, lo abbracciai.
«Per quel che vale, ti perdono...» sussurrai a fatica. Poi, rialzandomi, gettai uno sguardo a Lyon e gli accarezzai la spalla.

«Scusami, ma non ce la faccio. Ti aspetterò fuori con gli altri».

Quando lasciai la stanza, mi sentii soffocare. Dovevo allontanarmi il più possibile da lì.

Una volta raggiunto il pianterreno, vidi Cico seduto sul pavimento dell'atrio, la testa abbandonata contro la parete.

Feci per avvicinarmi, quando uno scoppio assordante ci fece sobbalzare.

Un freddo improvviso mi fece tremare da capo a piedi, e in quel momento seppi che Giorgio non c'era più.

Dal diario di Anna

Rivedere (Giorgio) ha come sfondato un muro nella mia memoria. Quelli che credevo falsi ricordi, rimasugli di vecchi incubi, sono diventati di colpo chiari ai miei occhi.
Ora ricordo perfettamente il momento in cui Giorgio mi ha trasformato in un'infetta.
Viaggiavo da qualche giorno con un gruppo di sopravvissuti, incontrati alla periferia di una piccola cittadina. Nonostante le difficoltà, mi avevano accolta con calore, e mi ero sentita meno persa in questo mondo.
Prima di allora avevo vagato senza meta, confusa e alla disperata ricerca di qualcosa o qualcuno che mi spiegasse perché nella mia testa mancavano mesi e mesi di ricordi. La loro destinazione era una colonia a est del Paese. Decisi di unirmi a loro anche nella speranza di ritrovarvi qualcuno dei miei amici. Le strade brulicavano (di banditi e di infetti,) perciò ci vedemmo costretti a continuare il nostro viaggio attraverso i boschi; per quanto inospitali, spesso si rivelarono un ottimo nascondiglio.

E proprio in quei boschi, durante una delle nostre soste notturne, incontrammo un altro sopravvissuto: Giorgio! Vederlo per me fu come rinascere. Dopo mesi di solitudine e smarrimento, finalmente il destino mi aveva concesso di ricongiungermi con un volto amico.

Quella notte parlammo tantissimo, e quando infine scoprii che, come me, fino a quel momento aveva viaggiato da solo — giusto da un paio di giorni si era unito ad altri superstiti —, la speranza mi invase. Se anche lui era riuscito a sopravvivere, la possibilità che Lyon e gli altri ce l'avessero fatta non era così remota.

Gli offrii di unirsi al nostro gruppo e lui accettò di buon grado. L'indomani mattina, prima della partenza, ci chiese di fare tappa al piccolo campo nel quale aveva soggiornato nei giorni precedenti, per informare anche i suoi compagni dell'esistenza della colonia. Si trattava di una piccola deviazione, e se questo significava dare speranza a un numero maggiore di sopravvissuti, era un ritardo che valeva la pena affrontare.

Vagammo nei boschi per più di un'ora, e spesso mi sembrò addirittura di girare in tondo, ma quando uno dei miei compagni glielo fece notare, Giorgio non si scompose.

«Ci siamo quasi, il mio campo è nella radura più avanti» disse sorridendo e facendo segno con la mano. «Iniziate ad andare, io e Anna vi raggiungiamo subito...»

Confusa, lo seguii in mezzo agli alberi, quando a un tratto un grido agghiacciante mi fece sobbalzare. Mi voltai di scatto in direzione della radura, ma Giorgio mi afferrò, continuando a sorridere. Scrollai il braccio per liberarmi dalla sua stretta e corsi verso il campo. Arrivai al ciglio della radura e il terrore mi artigliò il cuore.

Ossa rosicchiate giacevano sparpagliate tutt'intorno a me, alcune ancora sporche di sangue. Quando alzai lo sguardo, incrociai quello privo di vita di uno dei miei compagni di viaggio, mentre un... mostro, solo questo poteva essere, lo pugnalava con ferocia.

Prima che potessi dire qualunque cosa, mi sentii trascinare all'indietro e incontrai gli occhi di Giorgio, in cui ora brillava la follia.

«Non avresti dovuto vederlo così, avresti dovuto permettermi di prepararti prima» disse mellifluo.

«Che cosa stai dicendo?! Che cosa c'entri tu con tutto questo?» domandai.

«Unisciti a noi. Questa è l'unica salvezza» cantilenò prima di estrarre una siringa contenente un liquido giallo acceso. «Dove tutti uccidono o vengono uccisi, tu, come me, puoi essere salva».

Lo spinsi con forza, facendolo barcollare, e corsi a perdifiato, cercando di mettere quanta più distanza possibile tra me e quell'orrore. Tra gli alberi, con la coda dell'occhio, vedevo ombre sinistre seguirmi come bestie affamate.

Quando inciampai, quasi piansi dalla rabbia. Mentre mi tastavo il fianco dolorante, mi resi conto di essere stata trafitta da qualcosa, probabilmente una pietra aguzza.

La testa mi girava, ma a fatica riuscii a rimettermi in piedi e ripresi a correre.

Dopo un tempo infinito, sbucai su una strada asfaltata. Avevo la maglietta intrisa di sangue, che sgorgava copioso dalla ferita. Fu allora che all'inseguimento si unirono gli infetti. Il sangue doveva averli attirati.

Ormai sfinita, continuai a correre finché non giunsi in prossimità di una casupola abbandonata, al limitare del bosco. Mi lanciai all'interno e sprangai la porta, sforzandomi di restare cosciente.

Ma quando mi voltai, lui era già lì. Come se mi avesse letto nel pensiero.

«Che peccato che tu sia scappata. Sarebbe stato più facile se tu mi avessi dato modo di spiegare. Avremmo evitato questo» disse sfiorandomi la ferita. Per un istante nei suoi occhi si accese un bagliore rossastro. «Se farai come ti dico, potrai vivere al sicuro sia dai cannibali sia dagli zombie».

«Vai all'inferno, Giorgio...» mormorai, stremata.

«Fidati, poi mi ringrazierai».

Un dolore lancinante si accese nella ferita sul mio fianco. Quando guardai Giorgio, vidi che stringeva tra le dita la siringa vuota.

Caddi sul pavimento. Che cosa mi aveva fatto? L'orrore di quel tradimento era quasi peggio del

>>> **88** <<<

dolore fisico. Giorgio si accovacciò al mio fianco, osservandomi soddisfatto.

«Ci vorrà un po' perché la sostanza faccia effetto, ma non preoccuparti, resterò qui con...»

All'esterno esplose un colpo d'arma da fuoco e i rantoli furiosi degli infetti aumentarono di intensità.

Il volto di Giorgio, mentre fissava la porta sbarrata, assunse un'espressione quasi bestiale, poi di scatto il mio amico si diresse verso la finestra e la spalancò. Prima di scappare si voltò a guardare con un sorriso il mio sangue, che lento mi sporcava le mani e i vestiti.

CAPITOLO 5

TRADIMENTI

Quando Lyon ci raggiunse nell'androne, Cico scattò in piedi e gli puntò addosso la pistola.

«Come faccio a sapere che un giorno o l'altro non sparerai anche a me?» urlò furioso.

«Cico, ma che cosa dici?!» esclamai.

«Non puoi saperlo» disse semplicemente Lyon, con sguardo duro. «Devi solo fidarti di me».

Per un istante Cico esitò. Quando infine parlò, la sua voce era isterica.

«Potevamo salvarlo! C'era ancora una possibilità...»

«Lyon, non ti dirò che hai sbagliato» iniziai io titubante. «Ma potevano esserci altri modi...»

«È facile parlare. Ormai la decisione è stata presa, smettia-

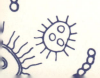

mo di discuterne e lasciamo questo posto» sentenziò lui. «Dov'è Alex?»

Solo in quel momento ci rendemmo conto che non lo vedevamo da quando Giorgio lo aveva aggredito.

«Spaventato com'era, sarà corso via e si sarà perso...» ipotizzò Cico seccato.

«Ci mancava solo questa» borbottò Lyon. «Vediamo di trovarlo in fretta, non voglio che...»

«Silenzio!» esclamai di colpo. «Lo sentite anche voi?»

Rimanemmo zitti, tendendo l'orecchio: un rombo si stava rapidamente avvicinando.

«Dov'è la tanica di benzina che abbiamo recuperato?!» scattò Cico. Corremmo fuori dall'edificio, in tempo per vedere la nostra jeep che, sfrecciando a folle velocità, imboccava la strada diretta fuori città. Per un istante, incrociammo lo sguardo del guidatore: era Alex.

«TRADITORE!» gridò Cico. «Lo sapevo che sarebbe successo! Non vi avevo forse detto di non fidarci di quella carogna?!»

«Deve esserci una spiegazione...» mormorai sconvolta, mentre Lyon armeggiava con la ricetrasmittente.

«Certo che c'è! Ed è che è un infame traditore!» sbottò Cico. «Avremmo dovuto abbandonarlo all'aeroporto in mano ai banditi!»

«Alex, mi senti?» chiamò Lyon. «So che puoi sentirmi, la radio della jeep è accesa!»

Attendemmo una risposta, poi si udì uno scricchiolio secco e la frequenza di comunicazione sparì.

«Quel maledetto ha spento la radio! Giuro che se gli infetti non lo ammazzano prima, se lo rivedremo sarò io a farlo!» sbottò Cico.

Sentivo un peso terribile sul petto. Quel giorno, in quella città abbandonata, non perdemmo solo degli amici, ma anche la fiducia che ci univa.

I giorni successivi furono difficili, ma per fortuna il destino ci riservò una gradita sorpresa.

A pochi chilometri dalla città trovammo una piccola colonia che, dopo le prime diffidenze, ci accolse con rude gentilezza e ci assegnò un piccolo bungalow in cui alloggiare. Tra noi, però, si era rotto qualcosa.

Ogni mattina mi svegliavo da sola nella casupola e le occasioni di incontrare i ragazzi erano rare.

Talvolta trovavo Cico al poligono di tiro o intento a scambiare qualche parola con i mercanti più loschi dell'insediamento, mentre Lyon era ancora più sfuggente. Ci vedevamo soltanto durante le ore dei pasti, e in quei pochi attimi in compagnia era taciturno e pensieroso. A ogni mio tentativo di scoprire che cosa lo turbasse, si limitava a ripetermi di stare tranquilla.

Le mie preoccupazioni divennero paure quando, casualmente, colsi alcuni frammenti di una conversazione fra le guardie della colonia.

«... avvistamenti nei boschi a est. E un altro colono è sparito».

«Dovremmo setacciare la foresta e stanare quei maledetti!» esclamò l'altro.

«Non dire sciocchezze! Non possiamo mica lasciare la colonia indifesa per qualche infetto! E poi non hai sentito che cos'è successo all'ultima squadra uscita in ricognizione?»

Ci fu un momento di silenzio, poi il soldato proseguì: «Svaniti nel nulla. Tutto ciò che hanno ritrovato di quei ragazzi è stata una mano».

Rabbrividii e corsi a cercare Cico: c'era qualcosa di strano in quelle sparizioni, ed era arrivato il momento di piantarla con quel silenzio.

Quando finalmente lo trovai, Cico era alla caffetteria, intento a giocare a scacchi con un tizio.

«Fossi in te direi addio a quell'alfiere...» stava canzonando il suo avversario. A giudicare dal cumulo di tappi sul tavolo, quella era solo l'ultima di una serie di vittorie.

«Cico, devo parlarti».

«Dammi solo... un istante...» rispose concentrato, spostando poi la torre di fronte al re avversario. «Scacco matto. Mi dispiace, Chris, sarà per la prossima!»

Mise tutti i tappi guadagnati in un sacchetto e mi guidò fuori dalla caffetteria.

«Chi l'avrebbe mai detto che giocare a scacchi mi avrebbe assicurato questo bel gruzzolo...»

Qualcosa nella mia faccia gli fece sparire il sorriso in un istante.

«Anna, che succede?» domandò apprensivo. Poi abbassò il tono: «Stai male? Hai avuto un'altra crisi?».

«No, no... io sto bene» mi affrettai a rassicurarlo. «È Lyon».

L'espressione di Cico divenne insofferente.

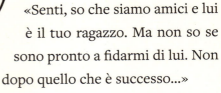

«Senti, so che siamo amici e lui è il tuo ragazzo. Ma non so se sono pronto a fidarmi di lui. Non dopo quello che è successo...»
«Cico, ti capisco, ma ultimamente si comporta in modo troppo strano. Spesso lascia la colonia per andare chissà dove, e torna solo a notte fonda. Ci sta chiaramente nascondendo qualcosa...»
Poi gli raccontai che cosa avevo udito dalle guardie.
«Pensi che siano...?» domandò preoccupato.
«Potrebbe essere qualunque cosa» risposi rapida. «Ma sospetto che i cannibali ci abbiano seguiti».
Passammo il pomeriggio a discutere su come avvicinare Lyon per metterlo in guardia dai pericoli che stavano minacciando la colonia, e decidemmo che sarei stata io a parlargli.

Poco prima del tramonto Lyon fece ritorno e si unì a me per la cena. Cico era seduto qualche tavolo più in là.
A tavola la tensione era palpabile.
«Lyon, oggi ho sentito delle guardie parlare di alcuni attacchi avvenuti nella foresta...» accennai senza sollevare gli occhi dal piatto.
Non ricevetti alcuna risposta, e quando udii il tintinnio metallico delle posate mi resi conto che Lyon si stava alzando.

«Dove vai?» domandai nel panico.

«Ti ho già detto di non preoccuparti» rispose lui senza guardarmi, accennando un sorriso freddo. «Ho saputo anche io degli attacchi e ti assicuro che non c'è da avere paura. Devo andare a parlare con il capo della colonia; tu finisci pure di mangiare con calma. E non aspettarmi alzata».

Imprecai in silenzio. Cico, che aveva osservato la scena di nascosto, venne a sedersi di fronte a me.

«Se Lyon vuole che le cose tornino come prima, farà meglio a piantarla di avere segreti» sbottò. «Passiamo al piano B?»

«Non c'è altro modo: alla sua prossima uscita, lo seguiremo».

Quella notte non chiusi occhio.

Lyon rientrò nel bungalow poco prima dell'una e io feci del mio meglio per fingere di dormire. Cico avrebbe passato la notte fuori a fare la guardia, per evitare che lui ci cogliesse di sorpresa uscendo di nascosto.

Erano trascorse un paio d'ore e stavo quasi per appisolarmi sul serio quando udii dei fruscii.

Tesi l'orecchio, cercando di controllare il respiro, mentre sentivo Lyon vestirsi in silenzio. Qualche minuto dopo la porta si aprì lasciando entrare una folata di aria gelida, per poi richiudersi. Contai fino a dieci e poi saltai giù dal letto, completamente vestita. Attesi ancora qualche istante e uscii. Accanto alla porta, trovai Cico ad aspettarmi con gli zaini pronti.

«Sapevo che era una buona idea restare di guardia. Sbrighiamoci».

Benché quella notte la luna fosse alta nel cielo, la sua luce non riusciva a penetrare le fronde fitte della foresta. Nuove ombre sembravano comparire istante dopo istante agli angoli del nostro campo visivo, accompagnate da inquietanti scricchiolii. Seguire Lyon fu un'impresa titanica: la sua torcia era un flebile puntino luminoso, tanta era la distanza che avevamo lasciato per non essere scoperti.

Camminammo per quasi un'ora, incespicando e sussultando allarmati a ogni rumore improvviso o minimo movimento.

«Si può sapere dove diamine sta...» sbottò Cico dopo l'ennesima svolta, poi si arrestò di colpo, tanto che quasi andai a sbattergli contro.

Ci ritrovammo fuori dalla foresta, sul ciglio di una strada asfaltata. Davanti a noi un muro di alberi costeggiava una curva del viale che, scendendo lungo la collina, portava a un ampio spiazzo in riva al mare con alcune casupole in legno.

Dopo un attimo di smarrimento, ci fiondammo dall'altro lato della strada, nascondendoci tra gli alberi.

Di Lyon non c'era l'ombra.

Sebbene avessi il cappuccio calcato sulla testa, avvertii un brivido gelido dietro il collo.

«Questa faccenda non mi piace per niente, Cico...»

«Muoviamoci, non può essere anda...»

Il suono meccanico di un fucile che veniva caricato alle nostre spalle ci congelò sul posto.

«Alzate le mani. Lentamente».

Chiusi gli occhi e sospirai. Non so come, ma ci aveva fregati.

«Lyon, metti giù l'arma» dissi. «Siamo noi».

Mi sentii strattonare e in un istante mi trovai faccia a faccia con un Lyon incredulo.

«Anna? Cico? Che cosa diavolo ci fate qui?!»

«Quello che ci deve delle spiegazioni sei tu!» sbottò Cico.

Osservai Lyon con attenzione: era nervoso, inquieto. C'era qualcosa che non andava.

«Lyon, che cosa ci fai qui?» domandai con voce rassicurante.

Vidi un conflitto scoppiare dentro di lui. Non rispose. Continuava a spostare lo sguardo da noi alle casette, e anche Cico lo notò.

«Che cosa c'è lì dentro, Lyon?» domandò.

Lyon fece un sospiro profondo e si sfregò gli occhi come per scacciare la stanchezza.

«Tanto prima o poi lo avreste scoperto comunque... In una di quelle case c'è...»

Un boato sommesso alle nostre spalle ci fece sobbalzare.

Lyon tornò subito a imbracciare il fucile, invitandoci a fare altrettanto.

«Veniva dalle casupole» sussurrò Cico.

Lyon ci fece cenno di seguirlo e, sfruttando la fascia di alberi che abbracciava l'avvallamento, iniziammo a muoverci di soppiatto verso la fonte del rumore.

Notammo un certo movimento intorno alla capanna più vicina alla costa.

«Maledetti! Non credevo ci avrebbero trovati così presto» imprecò Lyon.

La porta della casupola era stata sfondata e un paio di persone erano appostate davanti all'ingresso, come se fossero di guardia.

Qualcosa in loro mi fece accapponare la pelle, e quando fummo abbastanza vicini capii il perché.

I loro volti erano sfigurati da espressioni animalesche, gli occhi spalancati in un raptus di follia.

«Cannibali...» mormorai.

«Quindi erano loro i responsabili degli attacchi ai coloni!» esclamò Cico sottovoce.

Arrivati a una delle capanne abbandonate, con uno sforzo silenzioso ci issammo attraverso una delle finestre semiaperte, rovinando sul pavimento sconnesso.

Trattenemmo il fiato, in attesa di scoprire se il nostro goffo ingresso era stato udito anche all'esterno, ma a quanto pare i cannibali erano troppo impegnati per badare a noi.

«Che cosa stanno cercando là dentro?» domandò Cico sbirciando fuori dalla finestra.

«Non che cosa...» rispose Lyon a fatica. «Ma chi. Sono qui per Giorgio».

Il cuore iniziò a martellarmi nel petto.

«Di che stai parlando?» domandò Cico. «Giorgio è ancora vivo?»

Lyon distolse lo sguardo, e in quel momento un'ondata di paura mi travolse.

«Lyon, ma sei serio?!» mormorai incredula.

«Non avrei mai ucciso un nostro amico!» farfugliò Lyon. «Ma Giorgio era pericoloso...»

All'esterno il vociare si fece più intenso.

«E con i cannibali che lo inseguivano... Dovevo proteggervi!»

«I cannibali vogliono Giorgio...?» domandai, spaventata.

Nella mia mente si stava dipingendo uno scenario sempre più inquietante.

«Quando l'ho risparmiato mi ha spiegato che quelle creature gli danno la caccia, sono attratte da lui per qualche strano motivo... Per questo l'ho portato qui! Per nasconderlo da loro!»

Quando tornammo a sbirciare dalla finestra, la situazione era peggiorata. Fuori dalla casa in cui Lyon aveva nascosto Giorgio si erano radunati almeno una ventina di cannibali.

Il mormorio delle loro voci mi fece accapponare la pelle.

«Mi sembra eccessivo un gruppo così numeroso per catturare una sola persona!» esclamò Cico sconvolto.

«Non sono qui per catturarlo...» realizzai travolta dall'angoscia. «Sono qui per salvarlo».

«Stiamo perdendo tempo!» esclamò Cico cercando di ignorare le mie parole. «Dobbiamo trovare il modo di aiuta...»

Non mi scomposi quando Giorgio uscì dalla casupola, perfettamente illeso e a proprio agio. E sospirai appena quando inveì contro i cannibali, lamentandosi di quanto tempo avessero impiegato per tirarlo fuori da quella prigione.

Ma alle mie spalle lo stupore era sincero. Avvertii in modo quasi palpabile lo shock di Lyon e Cico, mentre fissavano il loro presunto amico redivivo sbraitare ordini al gruppo di cannibali.

«Non è possibile...» li udii mormorare.

«Quanti altri uomini abbiamo nella foresta?» stava chiedendo Giorgio al cannibale che per primo mi aveva aggredita nella città abbandonata.

«Abbiamo circa cinquanta sudditi sparsi nella foresta, signore, in attesa di un suo segnale».

«Bene. Preparatevi: tra quindici minuti marceremo verso la colonia».

«Vuole attaccare la colonia?!» domandò Cico in un soffio, agitato. «Anna, si può sapere che cosa sta succedendo?!»

Per la prima volta li guardai con disperazione. Non sapevo da dove cominciare, e la situazione stava precipitando.

«Ce lo spiegherai strada facendo» sentenziò Lyon strisciando verso la finestra dalla quale eravamo entrati. «Dobbiamo tornare indietro a dare l'allarme, o la colonia non vedrà l'alba».

Dal diario di Giorgio

Quando la fine del mondo si rovescia su di te, ci sono pochi modi di uscirne indenne.

C'è chi combatte e chi soccombe. E poi c'è chi, come me, sceglie di adattarsi.

In fondo anche questa può essere la nascita di nuove possibilità. Forse la mia non è stata davvero una scelta. Almeno non all'inizio.

Ero solo. Spaventato e incapace di reagire mentre la mia vita si sgretolava davanti ai miei occhi.

Sono stato abbandonato? Non saprei. Credo che tutti abbiano affrontato la mia stessa sorte.

Ma, come ho già detto, ognuno sceglie la propria strada. E questa solitudine mi ha dato la forza di trovare la mia.

Ho visto che cosa il mondo aveva da offrire a coloro che vogliono davvero vedere.

L'infezione non è la fine, ma l'inizio.

I cannibali lo hanno capito. Hanno percepito il mio essere 'unico'.

>>> **101** <<<

Per questo mi hanno salvato mentre ero incosciente, quando nel mio corpo stava dilagando l'infezione. Mi hanno protetto fino al mio risveglio e ora mi seguono ciecamente, come loro signore.

Il mio primo ricordo, dopo l'inizio dell'epidemia, sono i loro sguardi adoranti, le suppliche perché accettassi i loro servigi, perché acconsentissi a diventare il loro sovrano.

Ed è allora che anche io ho capito.

Tra gli infetti, io sono superiore. Sono migliore, più forte. E sono destinato a sopravvivere.

Presto anche altri capiranno, mentre coloro che si rifiutano di vedere... be', nel nostro gruppo c'è sempre bisogno di carne fresca.

Però ho provato quasi dispiacere quando perfino Anna, che ritenevo così intelligente, mi ha dato del pazzo. L'ho già perdonata, perché so che in quel momento non era ancora pronta.

Il tempo ha dimostrato che avevo ragione. Ora lei è come me. Incontrarla nuovamente in quella città e vederla infetta, rinata, mi ha dato una gioia immensa. Ed è solo questione di tempo prima che anche gli altri si uniscano a me.

Lyon sarà il prossimo.

Riavvicinarlo è stato così facile. Lui e il suo eroismo, il suo desiderio di proteggere gli amici. Sapevo che non mi avrebbe mai ucciso. Anzi, mi ha addirittura aiutato a mettermi in salvo, secondo lui!

Nel frattempo il giorno della conquista si avvicina. I cannibali stanno circondando la colonia e attendono soltanto un mio ordine.

E poi, quando la colonia sarà finalmente sotto il nostro controllo, tutti sapranno che la vera via per la salvezza è nella piaga.

CAPITOLO 6

SOTTO ASSEDIO

A rrivare all'accampamento prima di Giorgio e dei cannibali sarebbe stata un'impresa impossibile. La foresta pullulava di nemici pronti ad attaccare la colonia, e dovevamo essere estremamente prudenti.

Io e Cico seguimmo Lyon in silenzio per una ventina di minuti, nel fitto dei boschi.

A differenza dell'andata, sembrava meno sicuro del percorso: ogni tanto cambiava improvvisamente direzione, tornava sui suoi passi o aggirava ostacoli invisibili.

«Lyon» azzardò Cico, «non credo sia il caso di perderci proprio ora...»

«So esattamente dove sto andando. Voglio solo che non lo sappiano LORO».

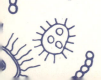

Di colpo le mie gambe si fecero più pesanti e mi voltai di scatto. «Continuate a camminare. Questa strada è più breve, ma saremo costretti a passare vicino a una fattoria abbandonata piena di infetti, quindi siate pronti a tutto» aggiunse.

Quando giungemmo nei pressi della fattoria, ero tutto fuorché pronta. Dannazione, come potevo esserlo?

Un'armata di cannibali, guidata da colui che un tempo credevamo un amico, stava per attaccare la colonia che ci stava ospitando.

Ma non c'era tempo per pensare, e quando uscimmo dal folto degli alberi già impugnavamo le armi, pronti a sparare a qualunque cosa si muovesse.

«Come sapevi che i cannibali erano lì per salvare Giorgio?» buttò lì Lyon, mentre attraversavamo i campi incolti. Il suo tono era vago, ma io sapevo che quella domanda era rimasta nella sua testa – e in quella di Cico – per tutto quel tempo.

Sospirai, esausta. Raccogliendo tutto il coraggio che mi era rimasto, feci per parlare, quando udimmo il ronzio di una jeep.

Lyon si voltò di scatto, facendoci segno di restare in silenzio, poi uscì allo scoperto per andare a piazzarsi al centro di una stradina di pietrisco.

«Forse questa notte saremo un po' più fortunati del previsto» disse con un ghigno.

Lo raggiungemmo e restammo in allerta, mentre il veicolo si avvicinava a velocità sostenuta. Quando finalmente il mezzo comparve in fondo alla strada, notammo che aveva i fari spenti e la via era illuminata soltanto dalla luna.

«Come facciamo a fermarlo?» domandò Cico.
In tutta risposta, Lyon prese la torcia e, dopo averla accesa, la puntò in direzione della jeep, che ormai era a pochi metri da noi.
«Preghiamo che si fermi» disse lui, facendo ondeggiare il fascio di luce davanti a sé. «E se non lo fa... la costringeremo».
Deglutii quasi dolorosamente, cercando di mandare giù l'ansia, ma senza successo.
Davanti a noi, la jeep inchiodò in uno spruzzo di pietruzze, sbandando leggermente.

«Ehi!» esclamò Lyon, alzando la mano che reggeva l'arma, a indicare le sue buone intenzioni. «Abbiamo bisogno della tua jeep: una colonia qui vicino sta per essere attaccata e non abbiamo tempo da perdere!»

La portiera si aprì di scatto. Dall'abitacolo fece timidamente capolino una zazzera azzurra, seguita da due occhi familiari.

«Alex!?» esclamai scioccata, prima che Cico lo afferrasse per la felpa, lo scaraventasse per terra e gli mollasse un pugno sul naso.

«Ma perché?!» si lamentò Alex con i lacrimoni agli occhi.

«Ringrazia che Cico non ti abbia sparato» rincarò la dose Lyon. «Era questo il suo piano iniziale».

Un lampo di paura si accese negli occhi di Alex, ma poi Lyon gli porse una mano per aiutarlo ad alzarsi.

«Al momento abbiamo problemi più gravi. Se sopravviveremo, ci occuperemo delle questioni in sospeso» dichiarò poi, lanciando un'occhiata significativa a Cico che, pur sbuffando, accettò il compromesso.

«Che ci fai qui, Alex?» domandai io, sospettosa.

«Ah, giusto!» esclamò, improvvisamente colto dal panico. «È il Generale! Sta marciando in testa a un esercito di banditi e... non so nemmeno descrivere che cosa fossero quelle... cose!»

«Che cosa hai detto?» esclamò Lyon sbigottito. «Il Generale sta venendo qui?!»

«È partito poco fa dall'aeroporto e vuole attaccare una colonia qui vicino! Dice che è l'ultima a opporsi al suo piano... Non lo so, io ho solo sentito dei frammenti di conversazione, quindi ho afferrato una mappa e sono corso qui il prima possibile!»

Senza dire una parola, Lyon si infilò nella jeep e la mise in moto. Cico si gettò sul sedile posteriore e io afferrai Alex per una manica e lo spinsi nell'abitacolo.

«Ma che diavolo sta succedendo!?» piagnucolò Alex, confuso.

«Succede che stanotte il destino ha deciso che finora ci era andata fin troppo bene».

«Maledizione, capitano, perché non capisce che, se non ci organizziamo, sarà la fine non solo per questa colonia, ma anche per quel poco che resta di questo mondo?!»

Lyon stava sbraitando con il capitano a capo della colonia, ma lei, una donna forte sulla quarantina, con una treccia biondo cenere raccolta in una crocchia e lo sguardo severo, sembrava restia ad ascoltare i suoi ammonimenti.

«Lyon, stiamo perdendo tempo!» esclamò Cico spazientito.

«Quanto può mancare al loro arrivo?!» si lagnò Alex, tormentandosi le mani. «Dire che abbiamo un quarto d'ora di vantaggio è concederci un lusso che non possediamo!»

«Signori!» tuonò il capitano. «Io sono responsabile di un'intera colonia, composta da soldati e civili. Più di duecento persone sono sotto la mia protezione e responsabilità. Se ciò che dite è vero, come pensate che sia possibile organizzare un contrattacco con così poco preavviso?»

«Sempre meglio che far finta di niente!» urlai sull'orlo di una crisi isterica.

In quel momento una delle guardie si fiondò nella stanza, lo sguardo allarmato.

«Capitano! I cannibali stanno circondando l'intera colonia!»

«Quanti sono?» domandò lei senza scomporsi.

«Quasi un centinaio».

La donna lanciò uno sguardo indecifrabile verso Lyon, quindi imbracciò un pesante fucile d'assalto e fece per uscire dalla stanza.

«Organizzate tutte le truppe a disposizione, portate i civili nel bunker e preparatevi al peggio: questo attacco è solo l'inizio».

Schierati in prima fila, al fianco del capitano, guardammo l'orda di cannibali disposi di fronte alle mura della colonia. Era uno spettacolo impressionante, ma mai come vedere Giorgio in testa al corteo.

«Abitanti di questa colonia» urlò lui con voce squillante, quasi divertito dalla situazione. «È il vostro futuro signore che vi parla! Tra di voi c'è qualcuno con cui vorrei scambiare quattro chiacchiere, prima di dare inizio alla vostra 'conversione'».

Avvertii lo sguardo del capitano su di noi.

«Non è necessario che voi lo facciate, potrebbe essere pericoloso» ricordò a Lyon, che però stava già camminando in direzione di Giorgio.

«Se posso evitare di uccidere un amico, correrò il rischio» disse, dando le spalle al capitano.

«E se non dovesse funzionare?»

«Farò quello che avrei già dovuto fare tempo fa».

Ci incontrammo a metà strada, in zona neutrale.

Due cannibali scortavano Giorgio come se fossero le sue guardie del corpo. Vederlo lì, con lo stesso crudele sorriso di quel giorno nel bosco, mi fece rabbrividire.

«Sono qui per farvi un'offerta molto conveniente» disse senza preamboli. «Unitevi a me. Richiederà solo un piccolissimo sacrificio, ma ne varrà la pena».

Lyon lo guardò con compassione, anche se non c'era più tempo da perdere.

«Giorgio, capisco la tua confusione, è l'infezione che ti fa ragionare così, ma ora abbiamo problemi più gravi! Il Generale sta per attaccare con un esercito infinitamente più grande di questo. Se non ci alleiamo, ci schiaccerà come insetti!»

Per un istante lo sguardo di Giorgio fu offuscato da un'ombra di preoccupazione, che venne subito spazzata via dalla voce di uno dei suoi tirapiedi.

«Signore, stanno cercando di raggirarla. Forse dovremmo portarli dalla nostra parte con metodi più... decisi».

«Forse hai ragione» annuì lui, per poi aggiungere con finta delusione: «Pensavo foste più intelligenti».

«Giorgio, perché ti comporti così?!» esclamò Alex, scosso.

«Possiamo ancora trovare una cura! Ti aiuteremo!» si unì Lyon.

«I cannibali ti stanno usando, ti hanno manipolato!» rincarò allora Cico, guardandoli con disprezzo.

«Non sei solo, Giorgio. Capiamo come tu ti sia sentito in questi mesi, convinto che nessun altro fosse sopravvissuto eccetto te. Ci siamo passati tutti, credimi. Ma ora è diverso. Vieni con noi».

Lyon gli stava parlando con il cuore in mano. Io, invece, ero incapace di nascondere il disprezzo per ciò che questa apocalisse lo aveva fatto diventare.

Vidi il suo sguardo saltare da un volto all'altro, in totale confusione.

«Com'è possibile che, nonostante tutto, voi vogliate ancora aiutarmi?» domandò. «Davvero non vi importa di ciò che ho...»

Quando il suo sguardo incrociò il mio, un lampo di comprensione lo colpì in pieno. I suoi occhi si spalancarono, rossi come il sangue, e sul suo volto si allargò un sorriso maligno.

«Tu... tu non glielo hai detto!» esclamò con una risata di scherno. Le mie dita si serrarono sulla pistola, le nocche sbiancate dalla stretta.

«Ora sì che tutto ha senso! Ma che dolce...» disse. «Pur di lasciare che potessero piangere la perdita del loro caro amico, hai nascosto la crudele verità! Sono quasi commosso».

Di colpo avvertii il peso degli sguardi dei miei amici su di me.

«Ma di che cosa sta parlando?» domandò Lyon. «Anna, si può sapere che diavolo ci stai nascondendo?»

«Su, Anna, diglielo!» mi pungolò Giorgio, godendosi la scena.

«Ha per caso a che fare con ciò che è successo nella capanna nel bosco in cui ti ho trovata?» domandò Cico. Era sempre stato il più perspicace del gruppo.

«Che cos'è questa storia della capanna?» chiese Alex.

«Non ci hai mai detto come sei finita in quella situazione... credevo che tu non lo ricordassi» osservò Lyon accigliato.

«Oh avanti, Anna, smettila di tenerci sulle spine!» esclamò

Giorgio impaziente, quindi aggiunse, quasi saltellando dall'eccitazione: «Va bene, allora lo dico io! Sono stato io a infettarla quel giorno!»

Lo guardai gustarsi le reazioni degli altri con sguardo trionfante.

«È vero?» mi domandò semplicemente Lyon.

Annuii. Sentivo la rabbia invadermi.

«Grazie a una di queste!» disse Giorgio allegro, estraendo dalla tasca della sua felpa una siringa con del liquido giallo, uguale a quella che aveva usato per infettarmi. «È questa la soluzione. La salvezza da questa catastrofe che è diventata la vita di tutti» recitò, quasi fosse un profeta. «Il virus, gli infetti, la morte, la fine del mondo... Nulla di tutto questo potrà più toccarvi. Venite con me».

«Tu sei pazzo» sibilò Cico.

«È questa la vostra ultima parola?» domandò Giorgio, osservandoci con finta compassione.

«Va' all'inferno» ruggì Lyon, contenendo a stento la rabbia.

«Lo accetto. In fondo non si può avere tutto dalla vita».

Continuando a sfoggiare quel sorriso fastidioso, di colpo tirò fuori una pistola e la puntò contro Lyon.

Fu un gesto istintivo. Sollevai la mia arma, che ancora tenevo stretta tra le dita, e feci fuoco.

Giorgio stramazzò al suolo.

In un istante si scatenò il finimondo.

I cannibali lo afferrarono e lo trascinarono di corsa verso la foresta, mentre l'orda si lanciò in un attacco confuso.

Per i soldati della colonia sarebbe stato facile fermare quell'assalto, se all'improvviso tutto intorno a noi non fosse risuonata una risata roca e cupa.

«Che pathos! Ho quasi la pelle d'oca!» canzonò una voce familiare, mentre all'orizzonte una marea nera si muoveva compatta verso la colonia. «Credevi forse che quella ridicola messinscena ti avesse rimosso dal mio radar, Lyon?»

«È il Generale! Mettiamoci al riparo!» gridò Lyon ripiegando verso le mura fortificate.

Alle nostre spalle ci furono delle esplosioni, e quando ci voltammo, delle alte volute di fumo si stavano sprigionando verso il cielo. Per un attimo calò il silenzio, poi udimmo un ruggito spaventoso, seguito da grida e stridii da gelare il sangue. Dai fumi grigiastri, alcune creature gigantesche, mai viste prima, avanzarono verso la colonia con furia distruttiva.

Un gigante dalla pelle verdastra, tirata sotto fasci di muscoli pulsanti, si lanciò verso le nostre barricate, facendo tremare la terra a ogni falcata.

«Armate l'artiglieria pesante!» udii gridare il capitano, mentre i soldati sulle torrette bersagliavano le creature, senza tuttavia ottenere alcun effetto.

«Lyon, che facciamo?!» gridò Cico disperato, scaricando una raffica di colpi su uno dei bestioni. «Sono dei maledetti mutanti!»

Al nostro fianco ci fu uno schianto assordante, e un'enorme voragine si aprì nelle mura, travolgendo alcuni soldati.

Lyon si guardò intorno febbrilmente, poi notò una cassa di bottiglie di vetro contenenti del liquido giallognolo, con un lungo stoppino di stoffa penzolante dal collo. Molotov.

Prese un accendino e, dopo aver appiccato il fuoco allo stoppino, lanciò la bottiglia con tutta la forza che aveva. Scintille fiammeggianti rotearono nel cielo, e quando la bottiglia si schiantò sulla creatura, questa prese immediatamente fuoco.

Osservai sconvolta la scena, finché il mostro non crollò al suolo, senza più rialzarsi.

«Usate il fuoco sui giganti!» gridò Lyon a quel punto, certo di aver scoperto il loro punto debole.

Tuttavia la battaglia era lontana dall'essere vinta, e fu lo stesso Generale a ricordarcelo, ordinando alle schiere di banditi armati fino ai denti di attaccare.

Una pioggia di colpi si abbatté sulle fortificazioni.

Molti soldati si accasciarono, feriti o peggio, ma dall'altro lato della barricata la folla inferocita andava lentamente diminuendo sotto i colpi delle sentinelle e delle torrette automatiche.

Improvvisamente uno stridio raggelante spezzò l'aria.

Una creatura alta quasi tre metri, dotata di quattro braccia e occhi lampeggianti, stava avanzando a scatti verso di noi. I proiettili sembravano mancarla o trapassarla, e le fiamme, a differenza dei giganti, non le facevano alcun effetto.

La creatura si fermò di colpo a fissarci e, allargando le lunghe braccia, sprigionò un'aura violacea che sradicò enormi zolle dal terreno. Poi con un grido acuto spostò le braccia davanti a sé e le zolle si schiantarono contro le mura della colonia, facendo precipitare alcuni soldati.

Altre due creature simili sparirono in un crepitio di scintille violacee, per poi ricomparire in punti diversi, attaccando qualunque essere sul loro percorso, nemico o alleato che fosse.

Iniziai a sudare freddo e per un attimo vacillai. Come avremmo potuto sconfiggere quei... mostri? Apparivano e scomparivano, seminando distruzione e morte.

A un certo punto uno dei mutanti scomparve per poi ricomparire qualche centinaio di metri più in là, in mezzo a un piccolo stagno.

Uno strillo penetrante ci fece cadere in ginocchio con le mani sulle orecchie. La creatura svanì, per poi rispuntare poco distante, più infuriata che mai.

«Che diavolo è stato...» balbettò Alex, faticando a mettersi in piedi.

«Deve... deve essere stata... l'acqua...» mormorai tremante, le mani ancora a proteggermi i timpani.

Barcollando, Lyon si diresse dal capitano.

«Capitano...» disse, cercando di sovrastare l'infuriare della battaglia. «La cisterna d'acqua della colonia... dove si trova?»

Senza bisogno di parole, la donna indicò un alto silo poco distante dall'accampamento.

«Qualche granata dovrebbe essere sufficiente, ma bisognerà avvicinarsi il più possibile...»

«Io vengo con te!» si affrettò a dire Cico, intuendo le intenzioni di Lyon.

«Io e Alex dalle mura vi copriamo le spalle» mi accodai, e prima che Lyon potesse ribattere, gli accarezzai il viso e mormorai: «Stai attento».

Lui annuì con un mezzo sorriso, quindi afferrò un cinturone con diverse granate e infilò di corsa l'uscita della colonia, con Cico al seguito.

Io e Alex ci arrampicammo sulla cima delle mura, seguendo i loro movimenti.

Nonostante il caos nel campo di battaglia, i banditi che erano riusciti a scampare ai feroci attacchi dei mutanti ora stavano convergendo sui ragazzi. Afferrai un grosso fucile da una delle torrette di guardia e scrutai la situazione attraverso il mirino. Il fucile pesava sulle braccia e riuscire a tenerlo fermo era un'impresa.

Uno dei banditi entrò nella mia visuale, pronto a colpire alle spalle uno dei ragazzi. Presi un profondo respiro, quindi tirai il grilletto.

Avvertii una spinta incredibile all'altezza della spalla, che mi mandò a gambe all'aria, e il fucile mi scivolò di lato.

«Porca vacca, l'hai preso in pieno!» esclamò Alex, mentre bersagliava i pochi cannibali rimasti nello spiazzo sottostante.

Mi rialzai a fatica, massaggiandomi la spalla. Guardai il fucile a terra un po' scettica, poi lo misi a tracolla e ripresi la pistola.

«Magari è meglio se faccio un po' di pratica, prima della prossima volta».

Le difese sulle mura permisero a Lyon e Cico di raggiungere la meta, ma la parte più difficile stava per arrivare.

Quando lanciarono la prima granata sul lato della cisterna, questa esplose troppo tardi, rischiando di colpirli nella caduta.

«Conta fino a dieci, quindi lancia!» esclamò Cico, intento a sparare a ogni nuovo assalitore.

Lyon eseguì alla lettera; questa volta un buco si aprì sul fianco del silo e l'acqua iniziò a sgorgare. Incoraggiato dal successo, si preparò a un nuovo lancio.

«Stai pronto a tagliare la corda!» urlò a Cico, quindi tolse la sicura alla seconda granata, attese dieci secondi e la lanciò.

La cisterna si aprì in due e una gigantesca ondata d'acqua si riversò sul campo di battaglia, travolgendo banditi e cannibali. Quando l'acqua raggiunse i mutanti, un grido perforante spezzò l'aria. I coloni sferrarono l'ennesimo attacco contro le creature, che stavolta si piegarono sotto i colpi d'artiglieria.

Dopo qualche minuto, le urla cessarono, e impiegai qualche istante a rendermi conto di essere ancora viva. Guardai di sotto con cautela. Crepitii violacei saettarono nel punto in cui poco prima si trovavano i mutanti e delle piccole onde d'urto esplosero con uno schiocco, scagliando via i pochi nemici superstiti. All'orizzonte, una jeep si allontanava a tutta velocità.

Colta dal panico, cercai Lyon e Cico, e tirai un sospiro di sollievo vedendoli in salvo sulla cima di una delle torrette di vedetta. In qualche modo, anche se non riuscivo bene a capire come, avevamo salvato la colonia ed eravamo sopravvissuti per raccontarlo.

Dal diario del capitano

Nessuno parla mai di ciò che avviene dopo una battaglia. Certo, hai ottenuto una vittoria, ma poi c'è sempre il conteggio delle perdite. E a quello non sei mai davvero abituata. Quando hai *sulle spalle* la responsabilità di così tante vite, ogni tua scelta pesa quanto un macigno. Ogni decisione, qualunque essa sia, implicherà delle vittime. Tutto sta nel cercare di scegliere l'opzione che ne causerà il meno possibile.

Facciamo del nostro meglio, cerchiamo di sopravvivere anche quando ogni cosa prova a impedircelo. Si diventa egoisti e disperati nel tentativo di salvare quel poco che ci è rimasto. Non so da dove siano sbucati questi ragazzi, quale sia la loro storia o il loro legame con il Generale, e sono grata del fatto che in questa battaglia fossero dalla nostra parte. Tuttavia, per quanto la decisione sembri senza cuore, è l'unica cosa che posso fare: i ragazzi devono andarsene. Ogni nemico del Generale è un pericolo per chiunque gli stia intorno, e dopo ciò che è successo qui, quell'uomo

>>> 122 <<<

vorrà le loro teste. È sempre stato una mina vagante, fin da prima dell'epidemia, ma ora qualcosa lo ha cambiato ancora, e in peggio.

Si è immischiato in faccende che vanno ben oltre l'umana ragione, ha venduto se stesso per qualcosa di folle e scellerato che prima o poi gli scoppierà tra le mani.

I mutanti. Non avevo mai visto nulla di simile.

Credevo che il progetto X fosse stato abolito anni fa, eppure quelle creature terrificanti non soltanto sono reali, ma sono anche sotto il controllo del Generale.

Per questo va fermato a ogni costo, e qualcosa mi dice che l'unico in grado di farlo è quel ragazzo. Lyon.

Non posso permettere che la sua presenza e quella dei suoi amici siano una minaccia per la colonia, ma posso sempre offrire loro tutto l'aiuto possibile. Se sapranno giocare bene le loro carte, forse avranno qualche possibilità.

Mi auguro solo che non debbano più avere a che fare con i cannibali, esseri che hanno scelto di rinnegare la loro umanità. Stanotte, con il cannocchiale, li ho visti protagonisti di una scena agghiacciante: poco lontano dalla colonia, hanno acceso un'alta pira per celebrare le esequie del loro sovrano.

«Il suo sacrificio non sarà vano, signore» gracchiava un cannibale, inginocchiato davanti alle fiamme. Tutt'intorno, una folla in adorazione, ciascuno con in mano dei brandelli di carne gocciolanti di sangue.

«La porteremo sempre dentro di noi. Sarà la sua volontà a guidarci, attraverso la sua carne» gridavano.

Quelle urla mi riecheggiano ancora nelle orecchie. Ma è meglio che pensi ad altro: c'è da ricostruire la colonia e dare ai sopravvissuti una speranza nel futuro.

E questa è la cosa più difficile.

CAPITOLO 7

IL LIRI

«Chi vuole iniziare?» domandò Lyon con sguardo neutro, tradendo però una certa impazienza nella voce.

Ci eravamo ritirati in un angolo appartato dell'accampamento, ma poco lontano potevamo sentire i sopravvissuti della colonia affaccendarsi per riparare i danni causati dalla battaglia.

Con un sospiro, mi feci avanti. In fondo restava soltanto da raccontare la storia per intero, perché io potessi finalmente metterci la parola 'fine'.

Dissi loro della compagnia a cui mi ero unita, di come durante il nostro viaggio ci fossimo imbattuti in Giorgio e di come io fossi stata così stupida, accecata dalla felicità di avere accanto una persona amica, da non rendermi conto che qualcosa non andava.

Man mano che procedevo con il racconto, vidi dipingersi sui loro volti espressioni di disgusto e disprezzo.

«Non oso nemmeno immaginare che cosa sarebbe successo se non fossi arrivato in tempo...» disse Cico, soffocando a fatica la rabbia.

«E voleva farci la stessa cosa!» esclamò Alex.

«Perché non ce ne hai parlato?» domandò Lyon, quasi ferito.

«Non lo so...» mormorai incerta. «Credevo che non lo avremmo più rivisto, e non volevo che aveste un brutto ricordo di lui...»

Lyon mi strinse tra le braccia. Chiusi gli occhi, e tutto ciò che era successo fino a quel momento svanì nell'aria, rimpiazzato dal calore di quel contatto.

Ci fu qualche minuto di silenzio, quindi Cico, il più impaziente di tutti, decise che aveva aspettato abbastanza.

«Ora passiamo al secondo traditore» disse con tono velenoso, quindi si alzò e si mise davanti ad Alex. «Dammi un buon motivo per non spararti qui, adesso».

«Ho avuto paura» rispose Alex semplicemente. «Quando ho visto Anna in preda a quella crisi mi è venuto un colpo! Ero davvero terrorizzato. Poi in città sono anche comparsi i cannibali... E quando quel pazzo di Giorgio ha cercato di ammazzarmi...»

Fece una breve pausa, assorto nei suoi pensieri, mentre Cico lo squadrava minaccioso, tutt'altro che soddisfatto della risposta.

«Non ce l'ho fatta... E così sono tornato dai banditi...»

«Che cosa?!» sbottò Lyon, incredulo.

«Non sapevo dove altro andare! Mi sentivo uno schifo per

avervi lasciati, ma avevo troppa paura per tornare da voi...»

«E quindi sei tornato da quella feccia... perché sei esattamente come loro» concluse Cico, amaro.

«Ho passato mesi con loro, e mi hanno sempre garantito protezione!» esclamò Alex, turbato e ferito. «Ma quando sono arrivato, era cambiato tutto» riprese con maggior vigore. «I capibanda erano morti, però i banditi erano ancora lì, tutti uniti. Era strano. E infatti subito dopo ho scoperto che dietro a tutto c'era il Generale».

«Il Generale era all'aeroporto?!» domandò Cico.

«Quando sono arrivato stava coordinando i banditi per l'attacco alla colonia. Non ci ho pensato due volte: sono rimontato sulla jeep e... il resto lo sapete già».

«Probabilmente è stato lui a far fuori i capibanda...» osservò Lyon pensieroso. «Sta cercando di riunire sotto il suo comando quanti più uomini possibile».

«È capace di tutto» sentenziò Alex, la paura nello sguardo. «Contro chi ci stiamo mettendo, Lyon?»

«Non lo so, ma se vogliamo avere qualche possibilità, abbiamo bisogno di alleati».

Quando Lyon uscì dall'ufficio del capitano, la sua espressione era indecifrabile.

«Allora?» domandai. «Ci aiuteranno ad affrontare il Generale?»

«No» rispose lui con voce piatta. «Anzi, ci pregano di lasciare la colonia il prima possibile».

«Stai scherzando?!» esclamò Cico. «Non solo li abbiamo avvertiti in tempo, ma abbiamo anche salvato loro la pelle, ed è così che ci ringraziano?!»

Lyon non rispose, ma ci fece cenno di seguirlo. Davanti ai magazzini della colonia trovammo ad aspettarci grossi zaini pieni di scorte mediche e di cibo, più un piccolo arsenale per ogni necessità e tre taniche di benzina.

«Questo è tutto ciò che possono fare per noi, Cico, e non li biasimo» disse finalmente Lyon, dirigendosi svelto verso la jeep. «Hanno rischiato molto questa notte, e non possono mettere in pericolo così tanti civili».

Guardai la gente della colonia, le ferite che aveva riportato durante la battaglia facevano quasi male alla vista.

«Il capitano ci ha dato i mezzi per andare avanti» riprese Lyon, mettendo in moto la macchina. «Ma da qui, siamo soli».

Dopo la battaglia con i mutanti eravamo esausti, ma non potevamo fermarci a riposare. Se c'era un momento in cui il Generale ci avrebbe lasciati in pace, era proprio dopo la sconfitta, e dovevamo approfittarne.

Tuttavia, raggiungere il laboratorio del LIRI fu più complicato del previsto: per quanto la nostra meta fosse conosciuta, almeno prima del disastro, ora sembrava che sulle strade la sua esistenza fosse stata cancellata.

«Qualcuno sta cercando di nascondere la posizione del laboratorio» osservò Cico cupamente.

Tutto ciò non faceva presagire nulla di buono, ma era la nostra unica traccia e dovevamo andare fino in fondo.

Orientandoci con la mappa, viaggiammo per quasi sei ore, fermandoci soltanto per darci il cambio alla guida. Presto il percorso divenne sempre più difficile da seguire, inerpicandosi tra le montagne alberate.

«Forse dovremmo andare avanti a piedi» suggerii, mentre la jeep slittava sulla neve.

«A piedi impiegheremmo ore a raggiungere la cima della montagna» osservò Lyon sforzandosi di non sbandare.

«Pensate che avremo problemi a entrare?» domandò Alex.

Fino a quel momento non mi ero posta il problema: si trattava di un laboratorio di ricerca, non di una colonia militare. Ma alla luce degli ultimi avvenimenti, iniziai a temere che, se raggiungere il LIRI stava risultando più arduo di quanto ci aspettassimo, entrare sarebbe stata un'impresa impossibile.

Il vento gelido spazzava con forza la vetta innevata della montagna. Nonostante la zona sembrasse tranquilla, decidemmo di lasciare la jeep dietro un piccolo gruppo di alberi, per proseguire a piedi fino alla cima.

«Siete sicuri che qui ci sia un laboratorio?» domandò Alex, avanzando a fatica nella coltre bianca. «Qui ci sono solo neve, vento e un freddo cane!»

Ognuno di noi stava pensando la stessa cosa, ma non aveva avuto il coraggio di dirla.

Quando la cima fu finalmente visibile, fummo costretti a gettarci a terra e a rimanere immobili.

«C'è un posto di guardia» sussurrò Lyon, scrutando attraverso il binocolo. «Vedo almeno tre uomini... banditi» aggiunse poi con fastidio.

«Che cosa ci fanno i banditi in un laboratorio di ricerca?» domandò Cico, confuso.

«Forse il Generale ha preso il controllo della struttura?» azzardai, senza tuttavia esserne troppo convinta.

«Proviamo a fare il giro, senza dare nell'occhio. E speriamo di non aver fatto un viaggio a vuoto» disse Lyon.

Una volta aggirato il fianco della montagna, ciò che trovammo non era quello che ci eravamo immaginati.

Il rottame di un elicottero schiantato giaceva di traverso su una pista di atterraggio circolare, la fusoliera annerita da un vecchio incendio.

Il piazzale era sovrastato da una piccola torre di controllo incassata nella roccia, sulla cui facciata una grossa scritta sbiadita recitava: 'LABORATORIO INTERNAZIONALE DI RICERCA INFETTIVA', unica conferma che quello fosse effettivamente il posto giusto.

Parte della pista d'atterraggio era collassata, lasciando sotto di sé un pozzo profondo, che si rivelò la tromba di un enorme ascensore.

Impugnando l'arma, Lyon avanzò con cautela per osservare la voragine, i passi che lasciavano orme sulla neve.

«Tutto questo non mi piace...» mormorai, sfruttando il relitto del velivolo per nascondermi insieme agli altri. All'improvviso udimmo il cigolio di una porta metallica e un vociare concitato. Ci guardammo disperati, in trappola, quando Lyon sgusciò silenziosamente verso la voragine e, indicando un grosso cavo d'acciaio, ci fece cenno di seguirlo.

I peggiori scenari si dipinsero davanti ai miei occhi: dai banditi che, scoprendo la nostra presenza, ci crivellavano di colpi, a noi che precipitavamo nella tromba dell'ascensore, andando incontro a una fine orrenda.

Avvertendo la mia paura, Lyon mi afferrò la mano e mi rivolse uno sguardo d'incoraggiamento, annuendo con la testa. Poi si calò con attenzione, mostrandoci come muoverci senza perdere la presa.

«Tenetevi forte e scendete lentamente» sussurrò. «Ce la potete fare, basta non guardare giù».

Come se dirlo potesse davvero tranquillizzarci!

Un enorme montacarichi era bloccato tra due piani, ma nella parete era stato aperto un passaggio, creando un varco d'accesso al piano più basso. Riuscimmo quindi a sgusciare fuori dalla tromba dell'ascensore, finendo in un lungo corridoio buio. Un silenzio innaturale ci circondava.

Il corridoio ci condusse in un enorme stanzone scarsamente illuminato da lampade al neon, gran parte delle quali erano spente o rotte. Con cautela ci addentrammo in quello che a tutti gli effetti sembrava un enorme magazzino.

C'erano casse e container, ma il luogo sembrava abbandonato da tempo: da vecchie tracce di sangue e proiettili risultò evidente che, qualunque cosa fosse successa al LIRI, nessuno era sopravvissuto per raccontarla.

Dai piani più alti, a cui si poteva accedere attraverso scale metalliche poste ai lati del magazzino, provenivano voci distanti, rese udibili dall'eco.

«Che cosa se ne fanno di tutte queste guardie in un posto che cade a pezzi?» domandò Cico, aggirandosi circospetto tra i container.

«Non ne ho la più pallida idea...» mormorò Lyon.

«E se il laboratorio fosse in mano ai banditi già da tempo e in realtà non ci fosse nessuno che sta lavorando a una cura?» azzardò Alex titubante.

«Non dirlo neanche per scherzo!» scattò Cico.

Un'ondata di sconforto mi travolse: avevo iniziato a convincermi di avere davvero qualche speranza di guarire, ma ora che eravamo lì sembrava che del LIRI fosse rimasta soltanto l'insegna all'esterno.

Dei passi improvvisi riecheggiarono lungo le scale, costringendoci a trovare riparo in fretta e furia dietro delle vecchie casse.

«Che seccatura questi turni di guardia...» borbottò un bandito, accendendosi una sigaretta e guardandosi distrattamente intorno. «Tanto chi vuoi che vada fin là sotto?»

Ci spostammo con prudenza dietro uno dei grossi container: da quel punto tenevamo meglio d'occhio i due banditi, che si erano fermati a fumare di fronte a una parete metallica.

«Che cosa stanno facendo lì impalati?» domandai confusa.

«Non ti lamentare» stava rispondendo l'altro. «Almeno là sotto non si muore di freddo».

Si udì un bip soffocato dall'altro lato della parete, che un istante dopo tremò per poi dischiudersi con un sibilo.

«Porca vacca!» esclamò Cico sottovoce, osservando la scena con occhi spalancati.

I due uomini attraversarono il varco, scomparendo alla nostra vista. Pochi secondi dopo la parete iniziò a richiudersi.

Senza riflettere, balzammo fuori dal nostro nascondiglio, lanciandoci di corsa verso il varco.

«Tipregotipregotipregooo!» ansimò Alex, attraversando la porta per ultimo, e finendo lungo disteso sul pavimento appena un attimo prima che le pesanti lastre di metallo si sigillassero.

«Per un pelo...» bofonchiai, piegata su me stessa per l'affanno. Dopo aver ripreso fiato, ci guardammo intorno: eravamo finiti in un'anticamera completamente spoglia. Un'ampia scala, illuminata a intermittenza da strisce luminose fissate ai gradini, scendeva in profondità. Rimanemmo immobili per qualche istante, in ascolto, cercando di capire se la nostra presenza fosse stata scoperta, e quando il silenzio fu l'unica risposta che ricevemmo, Lyon ci fece cenno di seguirlo e imboccò le scale.

Per diversi minuti l'unico suono percepibile fu il rumore dei nostri passi, ma a un certo punto sentimmo delle voci sommesse, e quando finalmente arrivammo in fondo, rimanemmo a bocca aperta.

Davanti ai nostri occhi un intreccio di corridoi si diramava in ogni direzione, e ognuno conduceva a una stanza sigillata. Fuori da ogni porta, c'erano diversi cartelli di pericolo, che spezzavano il bianco immacolato dell'ambiente.

Nei corridoi non c'era anima viva. Eravamo fermi sull'ultimo gradino, lo sguardo perso in quel luogo così strano, quando una porta si aprì e una persona con il camice uscì da un laboratorio. Il viso era coperto per metà da una mascherina, e dei

ciuffi di capelli magenta spuntavano arruffati dalla cuffietta chirurgica.

Alzò distrattamente lo sguardo verso di noi e, quando si rese conto della nostra presenza, i suoi occhi gialli si spalancarono a dismisura. Poi corse verso di noi, il camice che svolazzava attorno alle gambe sottili. Allargando le braccia ci spinse in un piccolo corridoio, aprì una porta con una tessera magnetica, ci fece entrare nella stanza e richiuse la porta alle sue spalle. Il tutto avvenne troppo in fretta perché potessimo reagire o dire qualcosa.

Quando quello strano individuo si voltò, sembrava quasi aver visto un fantasma.

«Lyon! Che cosa ci fai tu qui?! Se il Generale scopre che sei al LIRI, sei morto!» esclamò tutto d'un fiato. Poi si tolse mascherina e cuffietta. E il mio cuore esplose per la felicità.

Strecatto ci fissò a uno a uno con un misto di sorpresa, gioia e panico, emozioni che ricambiammo con una cascata di domande.

Da che avevo memoria, Strecatto aveva sempre lavorato nei laboratori di ricerca, tuttavia trovarlo proprio lì – in un laboratorio caduto sotto il controllo del Generale – ci mise in allarme.

Lyon ci raccontò che, dal suo arrivo all'accampamento del Generale, aveva incontrato Strecatto un paio di volte. Se non ce ne aveva mai parlato era perché lui stesso non conosceva l'esatta natura dei rapporti del nostro amico con il Generale, né quali fossero i suoi incarichi; e comunque a un certo punto Strecatto sembrava sparito dalla colonia.

Stre spiegò che i suoi incarichi presso il LIRI erano precedenti al disastro, e che finire a lavorare per il Generale non era stata esattamente una scelta.

«Sono arrivate delle voci fin qui, secondo cui Lyon si era riunito ai suoi vecchi amici, e il Generale era furioso. Ma non volevo crederci. Ho visto troppi orrori, e illudermi che voi steste bene per poi scoprire che erano solo balle...» La sua voce si spezzò.

«Stre, non abbiamo molto tempo» lo incalzò Lyon, dichiarando concluso il tempo delle spiegazioni. «Il Generale ha attaccato una colonia con un esercito di mutanti!»

L'espressione vuota che Stre ci rivolse ci lasciò interdetti.

«Tu... lo sapevi già?» chiese Cico, sospettoso.

«Dimmi almeno che manca poco a sintetizzare la cura!» tornò alla carica Lyon, con voce esasperata. «Non sappiamo quanto tempo resti ad Anna prima che...»

«Mi dispiace tanto, ragazzi, davvero».

Malgrado tenesse gli occhi fissi sul pavimento, sentii che era sincero.

«Per che cosa?» domandai lentamente, temendo la risposta.

«Nessuno sta lavorando a una cura. Non ci abbiamo mai nemmeno provato».

Dal diario di Strecatto

Lavorare per il Generale non è mai stata una mia decisione.
Dopo lo scoppio dell'epidemia, il LIRI ha imposto il lock-
down forzato in tutta la struttura e per settimane siamo
rimasti sigillati, sottoterra, senza sapere che cosa stesse
accadendo là fuori.

Ufficialmente, il provvedimento era stato adottato per argi-
nare i danni causati dall'incidente, e il nostro lavoro doveva
continuare, senza distrazioni. Così facemmo. Continuammo a
lavorare, senza sapere che il mondo stava andando a pezzi.

La prima volta che incontrai il Generale fu durante una sua
visita al laboratorio. Era stato da poco nominato nuovo responsabile a capo del progetto X, o almeno è questo ciò
che ci disse.

Volle visitare per intero la struttura ed essere aggiorna-
to sui nostri progressi nella ricerca. Sembrava conoscere
abbastanza il nostro lavoro da farci le domande giuste e
pretendere risultati, e non sembrò affatto interessato a ciò
che era accaduto in passato.

«In rivoluzioni importanti come questa è naturale che avvengano dei piccoli incidenti. Ciò che conta è raggiungere il risultato finale» disse con fervore.

'Piccoli incidenti'! Non era nemmeno lontanamente vicino a ciò che era successo.

Avrei dovuto capire già in quel momento che tipo di persona fosse il Generale. Ma ignorai la cosa, continuando a dedicare tutto me stesso a un lavoro che, giorno dopo giorno, perdeva il senso che aveva all'inizio. Ovvero migliorare la vita delle persone.

Ben presto iniziarono ad arrivare sempre più uomini armati. Dicevano di essere semplici guardie, con il compito di proteggere noi e le nostre ricerche. Ma insieme a loro iniziarono a giungere anche le prime notizie.

E a quel punto il mondo mi crollò addosso.

Mentre ero intrappolato in quella gabbia sterile, tutto ciò che conoscevo era svanito, e io ne portavo il peso. Venni a sapere anche dell'esistenza degli infetti, e chiesi subito a una delle guardie di catturare qualche soggetto per me, con la scusa di un loro impiego scientifico nelle ricerche.

La verità era un'altra, ma nessuno doveva scoprirlo.

La prima volta che lasciai il laboratorio, fu in seguito a una chiamata urgente da parte del Generale. Voleva che lo raggiungessi al suo campo base, per discutere di alcune modifiche ai progetti del siero.

>>> **138** <<<

Fu allora che scoprii che Lyon era vivo.

Non riuscii neppure ad avvicinarlo, ma vederlo sano e salvo mi diede la speranza che anche gli altri fossero riusciti a sopravvivere.

Tuttavia, come spesso succede, una buona notizia è sempre accompagnata da una cattiva.

Il Generale, soddisfatto degli enormi progressi ottenuti dal laboratorio, aveva deciso che era arrivato il momento di spingersi oltre con il progetto X. Di abbandonare la teoria e buttarsi nella pratica. Di andare oltre l'umano.

Non potevo rifiutarmi, ma capii che, se volevo fare ammenda per ciò che la mia ricerca stava continuando a provocare, dovevo muovermi in fretta.

Una volta tornato al LIRI, iniziai a lavorare in segreto, senza sosta. I primi risultati arrivarono lentamente e i fallimenti erano sempre di più rispetto ai progressi. Ma non mi sono dato per vinto, e tuttora non mi arrendo.

Se c'è qualcosa che può salvare questo mondo, io sono l'unico capace di trovarlo.

I MUTANTI

Il peso di quella rivelazione mi travolse come un treno in corsa, e in quel momento sentii di essere condannata. Non esisteva alcuna cura, e forse non sarei sopravvissuta abbastanza da vederne una.

Persa nei miei pensieri, non mi accorsi che attorno a me rischiava di consumarsi una strage. Udii appena Lyon che, lanciando ogni precauzione alle ortiche, minacciava Strecatto con furia disperata.

«Sei solo un burattino del Generale!»

«Io sono uno scienziato! Vivo e lavoro per la scienza, non per un pazzo omicida!» cercò di difendersi Stre, le mani tremanti strette attorno all'impugnatura di una pistola che probabilmente non aveva mai usato.

«È per questo che stai continuando a creare mostri per lui?! Sei tu l'unico in grado di dare vita a... quelle cose» sibilò Lyon.
Strecatto non trovò altro modo di rispondere all'accusa se non abbassando l'arma, colpevole.
«Non doveva andare così...» mormorò stanco. «Il nostro era sì un progetto audace, ma etico».
«Progetto etico?!» ribatté Cico, tentando di soffocare la rabbia. «Avete creato dei mostri assassini!»
«Io... non potevo sapere che cosa avrebbe fatto il Generale con quelle creature...» mugolò Stre, lo sguardo sempre incollato al pavimento.
«E invece lo sapevi benissimo che cosa stava per succedere» replicò secco Alex. «Quel giorno, all'aeroporto, tu eri lì con lui!»
Se possibile, Strecatto divenne ancora più pallido, gli occhi sgranati mentre fissava Alex.
«Come fai a...» Ma prima che potesse finire, un lampo di comprensione gli si accese nello sguardo. «Tu eri con i banditi?!»
«Sì... cioè, no! Sono tornato solo per un momento... è acqua pas-

sata!» si affrettò a giustificarsi lui, ancora preoccupato che potessimo cambiare idea sulla sua lealtà.

«Come fate a sapere che non vi sta mentendo? E che non lavora anche lui per il Generale?» scattò allora Stre, aggrappandosi a ogni appiglio possibile.

Lo sguardo di Cico era un misto di delusione e rabbia. «Perché quando è arrivato il momento di scegliere, ha lasciato i banditi ed è corso alla colonia, avvisandoci dell'attacco dei mutanti prima che fosse troppo tardi».

Per qualche istante il tempo sembrò fermarsi, mentre ognuno di noi cercava di raccogliere tutte quelle nuove informazioni per capire che cosa farne.

«Il momento di scegliere...» udii Stre mormorare, più a se stesso che a noi.

Con uno scatto andò verso uno degli armadietti dello stanzino e ne tirò fuori delle ingombranti tute gialle.

«Tute anti-rischio biologico?» domandò Lyon guardandolo con sospetto.

«Non vi riconosceranno mentre andiamo» rispose Strecatto mestamente, sbirciando fuori dalla porta mentre le indossavamo.

«Andiamo dove?» chiese Alex armeggiando goffamente con la tuta.

«A fermare questa follia».

Mentre ci muovevamo rapidi lungo i corridoi, continuai a rimuginare su che cosa fosse successo negli ultimi dieci minuti. Strecatto camminava rapido e con passo sicuro nel dedalo del laboratorio, sordo alle nostre richieste di ulteriori spiegazioni.

All'ennesima svolta ci ritrovammo a imboccare un lungo corridoio che portava a un ascensore sorvegliato da due guardie, le stesse che poco prima avevamo seguito nel magazzino.

Alla vista degli uomini armati ci bloccammo di colpo, colti dal panico.

«Continuate a camminare» sussurrò Strecatto senza fermarsi. «E qualunque cosa accada, lasciate parlare me».

Avvertii la tensione di Lyon, che tuttavia non fece obiezioni e si lasciò guidare da Strecatto.

Quando arrivammo davanti alle guardie, queste si irrigidirono, accennando un saluto con la testa.

«Dottore, oggi è in anticipo per la sessione sperimentale» disse una guardia, osservandoci accigliata.

«Ho bisogno di condurre alcune verifiche sierologiche su campioni organici» snocciolò Stre, lanciandosi nella descrizione di una serie di procedure, metà delle quali, sospettai, si era appena inventato.

Mentre la confusione cresceva sui volti delle guardie, Strecatto ne approfittò per entrare in ascensore, e noi lo imitammo.

«Dobbiamo interdire l'accesso fino a nuovo ordine?» gli domandò allora l'altra guardia.

«Non voglio essere disturbato per nessun motivo» ribatté lui, strisciando una tessera nel lettore.

Mentre le porte si chiudevano riuscii a sentire una delle guardie bofonchiare: «Perché questi cervelloni insistono ogni volta a volerci spiegare che cosa fanno là sotto... Come se ci potessimo capire qualcosa...»

L'ascensore iniziò la sua discesa silenziosa nelle profondità della struttura.

«Puoi almeno dirci dove sti...» iniziò Alex impaziente, ma Strecatto lo fulminò con lo sguardo, per poi piegare la testa leggermente all'indietro. Alle sue spalle, in un angolo, una telecamera di sorveglianza monitorava l'ambiente, catturando immagini e suoni.

Rimanemmo in assoluto silenzio, ma non furono necessarie parole per avvertire tutta la tensione che saturava la cabina. Quando finalmente l'ascensore si fermò, quasi ci lanciammo fuori e ci ritrovammo in un posto inquietante, dalle pareti così scure che assorbivano la già tenue luce delle lampade al neon. Se possibile, là sotto faceva ancora più freddo che in superficie.

«Che c'è? Il Generale si è dimenticato di pagare la bolletta del riscaldamento?» domandò Cico perfido, mentre seguivamo Strecatto verso una pesante porta in metallo.

Ignorando il commento pungente, Stre armeggiò con il sistema di sicurezza per aprire l'ingresso blindato. Quando le porte si schiusero, fu come essere catapultati in un film dell'orrore. L'enorme sala semibuia in cui entrammo era rivestita di pannelli metallici. Sul pavimento un intreccio di cavi e tubi di diverse dimensioni si srotolava in ogni direzione, collegando computer e altri macchinari ipertecnologici a enormi cilindri trasparenti, uniche fonti di luce nell'intero stanzone.

Mi avvicinai titubante a una delle alte capsule, e trattenni il respiro.

Immersa in un sonno profondo, una creatura, simile a quelle

che avevamo affrontato alla colonia, galleggiava in un denso liquido verdognolo, le quattro braccia raccolte intorno al corpo snello. Il bagliore che dal fondo del cilindro si disperdeva nel liquido rendeva il mutante, se possibile, ancora più spaventoso. A qualche metro di distanza, racchiuso in una capsula più ampia, uno dei giganti muscolosi condivideva lo stesso destino, il corpo rannicchiato e gli occhi chiusi.

«Mio dio...» riuscii a mormorare, mentre anche gli altri si aggiravano con passo incerto osservando le creature mutanti.

«Se il Generale risveglia questi cosi, non avremo speranza...» disse Cico, intento a esaminare un enorme bozzolo nero, simile a un gigantesco pipistrello addormentato.

Presto ci rendemmo conto non solo che quelle creature sembravano scappate da un incubo, ma che in quel posto dormiva un esercito in grado di radere al suolo l'intero Paese.

«Sotto di noi ci sono altre sale come questa» disse Stre, intuendo i nostri pensieri mentre osservavamo sconvolti i mutanti. «E vi auguro di non vedere mai le cose custodite all'interno».

«Non puoi aver contribuito volontariamente a un progetto simile» disse Lyon. «Nessuno accetterebbe mai di prendere parte a... questo!»

«Ho le mie colpe e non ho intenzione di nasconderle» rispose lui. «Speravo di avere più tempo per fare ammenda, ma mi sbagliavo. Questa follia va fermata ora!»

Lo guardammo tutti, sorpresi.

«Che cosa ti ha fatto cambiare idea così all'improvviso?» gli chiese Lyon, stupito.

Trascorse qualche attimo di silenzio prima che Strecatto si decidesse a rispondere.

«Avevo capito da tempo che la piega che stava prendendo il mio lavoro era sbagliata. In segreto ho rallentato gli sviluppi del progetto X il più possibile, tentando di guadagnare tempo mentre lavoravo a una contromisura. Ma non è stato sufficiente, e quando il Generale ha ordinato di passare alla fase finale, non ho avuto altra scelta».

«C'è sempre una scelta! Potevi rifiutarti!» scattò allora Alex.

«Rischiando di farmi uccidere? Non potevo permetterlo. Dovevo studiare una soluzione. Ero l'unico a poterlo fare».

Il suo sguardo era sincero e determinato, ed ebbi la conferma che era dalla nostra parte.

«Vedere che tu eri riuscito a sopravvivere là fuori...» disse poi rivolto a Lyon, «quella era la speranza che cercavo. E ora che siete tutti qui, so che tutto questo può essere davvero fermato. Che il Generale può essere fermato!»

Un applauso partito dall'ingresso del laboratorio ci fece sobbalzare.

«Ma che bravi!» gracchiò la voce del Generale. «È incredibile come, in vostra compagnia, si possa assistere agli spettacoli migliori!»

Un attimo dopo lo vedemmo avanzare verso di noi, insieme a un folto gruppo di uomini armati fino ai denti.

«Devo ammettere di sentirmi ferito, dottore» continuò con la consueta voce profonda, soffocata dalla pesante maschera antigas. «Pensavo che lei, meglio di tutti, avesse compreso e abbracciato la mia visione. Dopo tutto quello che è stato in grado di causare, creando il virus...»

Ci guardammo sciocccati. Non poteva essere vero. Doveva essere per forza un altro dei suoi sporchi trucchi.

«Stai mentendo!» scattò furente Cico.

Nonostante la maschera, ero sicura che il Generale stesse sorridendo. Gioiva nel vederci smarriti.

«L'epidemia è opera tua?» domandò Lyon in un soffio a Strecatto.

«Non doveva andare così, stavamo studiando un virus sconosciuto e ci è sfuggito dal laboratorio...» balbettò lui.

«Ma ti rendi conto di che cosa hai fatto?!» tuonò Lyon. «A causa tua sono morte milioni di persone!»

«Sei il solito rammollito». La voce carica di odio del Generale ci colse di sorpresa. «Ancora una volta non riesci a vedere il quadro generale, troppo distratto come sei per colpa di quella... ragazzetta».

«Quando capirai che il motivo per cui ho troncato qualunque rapporto con te è perché sei solo un pazzo!?» gridò allora Lyon.

«Qualcuno mi dice che cosa diavolo sta succedendo?!» sbottò a quel punto Alex, più confuso che mai.

«Per anni ho tentato di aprirti gli occhi, di mostrarti la giusta via da seguire! Ma a quanto pare, condividere lo stesso sangue non è abbastanza, perché tu capisca da che parte stare» sibilò il Generale.

Ma prima che potessimo dire o fare qualunque cosa, udimmo un coro metallico tutto intorno a noi. Senza che ce ne fossimo resi conto, gli uomini del Generale ci avevano circondati e ora ci tenevano sotto tiro.

Avvicinandosi con passo rapido a Strecatto, il Generale afferrò con uno strattone la tessera magnetica che teneva al collo.

«Dottore, i suoi servigi non sono più richiesti. La documentazione che abbiamo sarà sufficiente per portare avanti il progetto X anche senza di lei».

«Che cosa ha intenzione di fare!?» gridò Strecatto, nel panico.

Il Generale marciò verso uno dei computer della stanza e, dopo aver inserito la tessera, intimò con voce secca: «Il codice».

«Preferirei morire!» disse Strecatto coraggiosamente.

«A quello penseremo tra un attimo» ribatté gelido il Generale, per poi fare un cenno con la testa ai suoi uomini.

Udii un colpo sordo alle mie spalle, seguito da un tonfo. Quando mi voltai, Cico era a terra, privo di sensi.

«Cico!» urlammo, lanciandoci a soccorrerlo. Ma le armi dei soldati puntate contro di noi ci inchiodarono sul posto.

«La prossima volta non sarà così fortunato» disse il Generale con calma irritante. «Dottore, il codice».

«109487» disse Strecatto debolmente.

«Visto? Non era così difficile». Il Generale sorrise, digitando i numeri sul terminale.

«Non può farlo! Così ci farà ammazzare tutti! Il laboratorio verrà raso al suolo!»

«Vede, dottore, mentre lei lavorava incessantemente in questo laboratorio, una struttura più grande veniva costruita altrove» spiegò il Generale, continuando ad armeggiare con il terminale.

«Mancano solo gli ultimi risultati delle sue ricerche. Dopodiché potrò procedere con la conquista del Paese. E tutto grazie a lei».

«Che cos'hai intenzione di fare con tutti questi mostri?!» gridò Lyon.

In tutta risposta un ruggito bestiale risalì dai piani inferiori, facendo tremare le capsule intorno a noi. Gli uomini del Generale si mossero verso l'uscita, pronti a coprire la ritirata del loro superiore.

«Lei è un pazzo!» urlò Strecatto, lanciandosi contro di lui.

Si udì uno sparo e Strecatto stramazzò a terra, afferrandosi la gamba.

«Non ha imparato proprio niente in questi mesi, dottore?» lo canzonò il Generale, la pistola fumante stretta fra le dita.

Al ruggito sotterraneo si unirono degli stridii penetranti e le pareti presero a tremare sotto colpi invisibili. Le creature nelle capsule iniziarono ad agitarsi nel liquido verdognolo.

«Presto tutto il mondo capirà che l'unica salvezza è giurare fedeltà a me» esclamò il Generale risoluto. «E se ciò non dovesse bastare, il mio esercito di mutanti convincerà i più scettici».

Una scossa salita dalle profondità della terra ci fece quasi perdere l'equilibrio.

«Potevamo essere alleati, Lyon, e invece sei solo uno sciocco. Addio» si congedò il Generale, avviandosi verso l'uscita scortato dalle guardie. I mutanti nelle capsule, intanto, si stavano svegliando, muovendosi scomposti nel liquido in cui erano immersi.

Quando il Generale sparì dietro le porte metalliche, subito corremmo a prestare soccorso ai nostri amici. La gamba di Strecatto era messa male e camminare per lui sarebbe stata un'impresa, figurarsi correre. Quanto a Cico, con un po' di fatica riuscimmo a farlo rinvenire, ma la ferita alla testa sanguinava abbastanza da preoccuparci.

Quando la prima capsula andò in frantumi, arrancammo verso l'uscita, soltanto per scoprire che era stata bloccata dall'esterno.

«Bastardo!» urlò Lyon, mentre una delle creature iniziava a fatica a mettersi in piedi.

«Nel mio studio... presto!» esclamò Strecatto, indicando una porticina laterale.

Una volta entrati, sbarrammo il passaggio con un pesante scaffale in metallo. Da dietro la porta provenivano rumori e urla spaventosi. I mutanti si erano svegliati, e ci stavano cercando.

«Dovete andarvene da qui. Subito!» disse Strecatto, zoppicando verso una sedia e iniziando a digitare febbrilmente al computer.

«Che cosa stai facendo? Dobbiamo disinfettare la tua ferita!» esclamò Lyon, mentre Alex frugava in ogni cassetto alla ricerca di un kit di pronto soccorso.

«Sto cancellando tutti i dati esistenti sul progetto dei mutanti dai database del LIRI e dal mio archivio personale. Mi auguro soltanto che il Generale non ne abbia già ottenuta una copia».

«Stre, adesso dobbiamo pensare alla tua gamba» insisté Lyon, iniziando ad armeggiare con del disinfettante.

«Non abbiamo tempo! Voi siete gli unici in grado di fermare il Generale, e qualcuno deve attivare il sistema d'emergenza del laboratorio. Se quelle creature escono da qui, sarà la fine!»

Mentre Lyon cercava di medicare Stre, io aiutai Cico a mettersi seduto.

«Sarà che ho preso una botta in testa, ma credo che se usciamo da questa porta troveremo un esercito di mutanti ad aspettarci» disse a fatica mentre gli disinfettavo la ferita.

«Il laboratorio è stato costruito sulle fondamenta di una vecchia base militare... AHI! È proprio necessario stringere così forte?» si lamentò Stre, sobbalzando per il dolore. Senza attendere una risposta da Lyon, schiacciò un pulsante sotto la scrivania e una bacheca che conteneva strani alambicchi si spostò, rivelando un passaggio nascosto. Strecatto riprese: «Passate da lì. In fondo al corridoio c'è un montacarichi. Vi porterà a un tunnel sotterraneo, che collega il laboratorio alle altre basi del Paese. Con un po' di fortuna riuscirete a trovare il modo di allontanarvi abbastanza, prima che l'esplosione vi travolga».

«Esplosione?! Non c'è un altro modo per fermare quelle cose?» gracchiò Alex.

«No, e se anche esistesse, io non ne conosco uno così rapido. L'intera struttura è disseminata di ordigni nucleari tattici: attivando il protocollo d'emergenza, il laboratorio verrà spazzato via, e con lui tutte le mostruosità intrappolate al suo interno».

Ci guardammo sconvolti, senza sapere che cosa fare. Quella era una missione suicida, e per quanto non ci fosse un'altra soluzione, ciò non rendeva la cosa meno dolorosa.

«Statemi a sentire: con questa ferita non posso correre, vi rallenterei. Sarei solo un peso» disse Stre. «Per di più il sistema va attivato in loco, e dal momento dell'attivazione ci saranno solo una trentina di secondi prima dell'inizio delle esplosioni. È un sistema pensato come ultima risorsa. E se la situazione è così grave da richiederne l'utilizzo, è già evidente che sei spacciato in ogni caso».

«Stre, non possiamo lasciarti...» mormorai, la voce strozzata in gola.

«Ho commesso tanti errori nella mia vita, alcuni dei quali hanno portato il mondo a essere quello che è adesso» replicò lui con coraggio, senza tuttavia riuscire a soffocare il tremore della voce. «Questo è l'unico modo per riparare ai miei errori».

«Sono stufo di perdere le persone a cui tengo per colpa di questo schifo!» scattò Cico, imboccando il passaggio segreto.

«Cico...» mormorò Stre, guardandolo uscire. Poi si voltò verso uno scaffale alle sue spalle, armeggiò con le serrature elettroniche e recuperò una valigetta in metallo, che offrì a Lyon.

«Qui dentro sono custoditi mesi di ricerche sulla cura. Non è completa, ma anche lo scienziato più inesperto sarà in grado di concludere il lavoro. Proteggila a costo della tua vita».

La sua voce era solenne e piena di rammarico per non aver potuto portare a termine la propria ricerca.

Ogni nostra domanda fu interrotta da un fragore assordante, segno che il tempo a nostra disposizione era scaduto.

«Dovete andare. ADESSO!» incalzò Stre, alzandosi a fatica dalla sedia e zoppicando verso il passaggio. «Posso darvi al massimo dieci minuti, non di più».

Lo abbracciai stretto. Il mio cuore sprofondò così in basso che non provai nemmeno a trattenere le lacrime. Prima che chiudesse il varco, Stre si rivolse a Lyon, la paura ormai evidente nei suoi occhi.

«Ferma il Generale. Salva il mondo dai miei errori». Poi richiuse il passaggio con un tonfo.

Corremmo lungo il corridoio e salimmo sul montacarichi, che ci trascinò nella discesa più lunga della nostra vita.

Dal diario del bandito Bruce Thompson

Mi sono risvegliato nella neve, l'odore di bruciato mescolato a quello del freddo pungente della notte.
Ho provato ad alzarmi, ma sono subito piombato nel panico: il mio corpo non rispondeva, troppo intorpidito dal gelo che mi era entrato nelle ossa.
==Avrei dovuto lasciare la banda, finché ero in tempo.==
Quell'incontro all'aeroporto ha cambiato la mia vita e quella di tutti i miei compagni. Era tutta una (trappola), ma lo abbiamo capito troppo tardi.
Ognuno dei capi era convinto di avere le spalle coperte da un alleato potente, ma nessuno si era reso conto che il Generale li aveva manipolati, e che quella del summit era una scusa per farli fuori tutti e tre in un colpo solo.
==E noi ci fidavamo ciecamente dei nostri capi. In fondo riunire tutti i gruppi di banditi per dividersi le zone era stata una loro idea, no?==
Quasi non ci eravamo accorti dei soldati che si erano introdotti alla riunione, troppo coinvolti dal dibattito che si

stava infiammando davanti a noi. Nei minuti successivi si era scatenato il pandemonio, e i primi a cadere erano stati proprio i capibanda, colpiti da qualcuno che li aveva nel mirino già da tempo.

La guerriglia sarebbe andata avanti chissà quanto, se quell'uomo non avesse stroncato lo scontro sul nascere.

Il Generale ci offrì una nuova possibilità: combattere per una causa più grande, smettere di sopravvivere per cominciare a vivere davvero. Quello per noi era un nuovo inizio, aveva detto.

Gli giurammo obbedienza. Non c'era altra scelta. O eri con lui o eri morto, e lo aveva chiarito fin troppo bene.

Ma la verità è che ai suoi occhi eravamo soltanto pedine, carne da macello utile solo a fargli raggiungere i suoi scopi. Tra i banditi non mancavano i fanatici, accecati dal potere che il Generale concedeva loro e dalla violenza; ma tanti altri, come me, cercavano di limitarsi allo stretto necessario per non ritrovarsi davanti al plotone di esecuzione.

Quella del bandito non è mai una vita che ti scegli, è solo uno dei pochi modi per sopravvivere durante un'apocalisse. Ma stare dalla parte del Generale è un altro discorso. Non è sopravvivere, è calpestare chiunque per essere l'unico a farcela. Era troppo persino per me.

Quando io e altri compagni siamo stati trasferiti sulle montagne a guardia di un laboratorio di ricerca, credevamo di aver finalmente ricevuto un incarico che non ci mandasse a morte certa. Ma ci sbagliavamo.

>>> **157** <<<

Dovunque vada il Generale, la morte lo segue passo passo, come una scia.

La montagna arde ancora, trasformata in un vulcano da un'esplosione che avrebbe dovuto spazzarmi via. Eppure sono ancora qui, semicongelato, ma vivo.

Che sia questa la mia vera, seconda possibilità?

SULLE TRACCE DEL GENERALE

Mentre il montacarichi precipitava nel buio, mi sentii mancare la terra sotto i piedi. Quando la porta si aprì con lentezza surreale, mi gettai fuori e mi ritrovai in un tunnel abbandonato che si inabissava nelle profondità della montagna. Iniziai a correre, ma ogni passo risultava più pesante del precedente, mentre un lamento distante sembrava inseguirmi.

Di colpo un'ondata di calore insopportabile mi investì alle spalle, e caddi a terra.

Il lamento adesso era diventato un urlo angosciato che, riecheggiando nella galleria, penetrava nella mia testa come un chiodo. Mi voltai indietro, e vidi Strecatto che mi guardava disperato. Gridava aiuto mentre le fiamme stavano per circondarlo.

Tentai di rialzarmi, ma il terreno sembrò avvolgermi in una morsa implacabile.

«STRE!» gridai con quanto fiato avevo in corpo, le lacrime che mi rigavano il volto.

Sussultai, guardandomi intorno spaesata.

Qualcuno al mio fianco mi attirò a sé e mi accarezzò piano la testa.

«Shhh... era solo un incubo...» sussurrò una voce, calma e rassicurante.

Lentamente i miei pensieri tornarono al presente. Il rombo soffuso della vecchia jeep era quasi confortante, mentre sfrecciavamo lungo un ponte sospeso.

Accanto a me, Lyon continuava ad accarezzarmi, lo sguardo indecifrabile. Alex gli aveva dato il cambio alla guida, mentre Cico, al posto del passeggero, fissava distrattamente il paesaggio, la fronte premuta contro il finestrino.

«Scusatemi...» mormorai, cercando di scuotermi di dosso i resti del sonno agitato in cui ero caduta.

In risposta, Lyon mi strinse affettuosamente la spalla e mi rivolse un sorriso fugace prima di tornare a guardare in lontananza.

Erano trascorsi due giorni dalla fuga dal laboratorio, e da allora eravamo in viaggio.

Il desiderio di vendicare Strecatto e l'urgenza di porre fine alla mostruosità del piano del Generale ci avevano spinti a non voltarci indietro. Nel tunnel sotterraneo avevamo trovato una vecchia jeep, che ci aveva condotti finalmente in superficie.

Rivedere il cielo notturno era stato come riemergere da un abisso senza luce e avevamo lasciato che il vento freddo spazzasse via tutta la stanchezza e il dolore.

Capire quale sarebbe stata la prossima mossa del Generale non era stato difficile. In che modo avrebbe potuto diffondere il suo messaggio di reclutamento affinché ogni sopravvissuto potesse udirlo? Nel Paese erano poche le strutture di trasmissione ancora funzionanti, ma solo una era in grado di raggiungere una simile portata di comunicazione.

Con l'aiuto della mappa, che nei nostri viaggi era stata così preziosa, eravamo riusciti a individuare la prossima meta: la Stazione Radio Nazionale.

Tuttavia, ora che il nuovo obiettivo era chiaro, la tensione che fino a quel momento ci aveva tenuti uniti si era sciolta. Fu probabilmente il momento peggiore. Il peso di ciò che era successo si era abbattuto su di noi come una valanga e ognuno si era chiuso in se stesso, masticando il proprio lutto. Non avevamo parlato di quanto era accaduto al laboratorio, e Lyon non aveva fornito spiegazioni sul suo rapporto ambiguo con il Generale.

La gravità della situazione ci imponeva di guardare avanti, senza nemmeno il tempo di piangere le perdite. Durante il terzo giorno di viaggio, quando ormai la meta era in vista, iniziammo a pensare a come avremmo impedito al Generale di portare a termine il suo piano, ma presto ci rendemmo conto che tirare a indovinare non ci avrebbe condotti da nessuna parte.

Sapevamo poco del luogo, e ancora meno di come il Generale aveva organizzato le sue difese. Perché se c'era una cosa di cui

>>> **161** <<<

eravamo certi, era che la stazione radio sarebbe stata piena di uomini armati fino ai denti.

Una volta arrivati, Lyon sbottò in una colorita imprecazione. La stazione era arroccata su una collina circondata dagli alberi, dalla quale si scorgeva tutta la zona circostante: era praticamente impossibile avvicinarsi senza essere visti. Il perimetro era contornato da un'alta rete, coronata da filo spinato, e l'unico accesso visibile, un cancello elettrico scorrevole, era costantemente sorvegliato da guardie armate. Dalla nostra posizione, oltre la rete e il cancello, riuscivamo a vedere solo la torre radio, un gigante di metallo intrecciato, tappezzato di antenne e parabole.

«Non riusciremo mai a entrare! Ci sparerebbero prima ancora di raggiungere il cancello» esclamò Cico, scoraggiato.

«Rinunciare non è tra le opzioni disponibili» rimarcò Lyon, abbassando il binocolo e osservandoci a uno a uno. «Dobbiamo trovare il modo di entrare. Suggerimenti?»

Passammo i successivi venti minuti ad azzardare delle proposte, nessuna praticabile. Dopo tutto quello che avevamo passato, era assurdo che a fermarci fosse un dannato cancello sorvegliato!

«State giù!» esclamò di colpo Lyon, appiattendosi nell'erba e afferrando di nuovo il binocolo.

Un furgone militare, di quelli con il cassone coperto da un telo cerato, stava lentamente arrancando lungo la stradina sterrata che portava alla stazione.

«Forse se siamo abbastanza veloci...» mormorò Lyon pensieroso.

«Lyon, no...» bisbigliò Cico, intuendo il piano che si stava formando nella sua mente.

«Hai un'idea migliore?» domandò lui, senza staccare gli occhi dal furgone, che ora era quasi alla nostra altezza.

Non ricevendo risposta, Lyon afferrò il grosso zaino di Cico e lo lanciò davanti al camion.

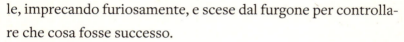

Il conducente, colto alla sprovvista, sterzò bruscamente, inchiodando per evitare di uscire fuori strada. Al suo fianco, un altro bandito imbracciò il fucile, imprecando furiosamente, e scese dal furgone per controllare che cosa fosse successo.

«Butta il fucile» gli intimò Lyon, premendogli la canna della pistola contro il collo. Poi sollevò l'arma e gli assestò un colpo violento alla testa. Il bandito si accasciò a terra come una marionetta a cui vengono tagliati i fili.

Dal lato del guidatore, io e Alex tenevamo l'altro bandito sotto tiro: dopo che lo avevamo trascinato di forza fuori dal veicolo, lo avevamo costretto a stendersi a terra con le mani intrecciate sulla nuca.

«Non sapete contro chi vi state mettendo!» mugolò lui rabbioso.

«E invece lo sappiamo benissimo» rispose secco Lyon, prima di mandarlo ko.

Dieci minuti e due banditi imbavagliati e legati a un albero più tardi, il furgone stava di nuovo arrancando per la salita che portava alla stazione radio. Alla guida, Lyon e Cico avevano indossato gli abiti dei banditi, sperando che il travestimento fosse sufficiente a farli passare inosservati, mentre io e Alex viaggiavamo rannicchiati dietro, nascosti da pile di casse.

Quando il furgone si arrestò capii che eravamo arrivati al cancello d'ingresso. Mi irrigidii, tendendo l'orecchio per captare le voci all'esterno.

«Stavamo per mandare qualcuno» stava dicendo una delle guardie con tono seccato. «Si può sapere che combinavate?»

«Una gomma a terra» udii Lyon rispondere. «Questi vecchi furgoni cadono a pezzi!»

«Questo abbiamo e questo dobbiamo tenerci» brontolò la guardia. «Avete i materiali? Il Generale andrà in bestia se non ci sono tutti i componenti. È già abbastanza nervoso senza che gli arrivino altre brutte notizie».

Al rumore dei passi lungo il fianco del camion, iniziai a sudare freddo. Se avessero controllato il carico ci avrebbero sicuramente scoperti!

«Se è già così nervoso, perché farlo aspettare?» si affrettò a rispondere Lyon, e i passi si fermarono. «C'è tutto, dimmi solo dove dobbiamo scaricare la roba».

In quella manciata di secondi di silenzio, restai in apnea, senza muovere un muscolo.

«Va bene. Dritto e poi a destra, nel deposito sul retro».

Dopo qualche istante il furgone si rimise in moto, e sentii il cancello richiudersi al nostro passaggio con uno stridore metallico. Solo allora lasciai andare un sospiro, le mani ancora tremanti.

«C'è mancato poco...» mormorò Alex al mio fianco, la fronte imperlata di sudore freddo.

Quando il furgone si fermò, per qualche istante non udimmo alcun suono.

Abbandonai il mio nascondiglio e mi sporsi in avanti per scendere, ma una voce sconosciuta mi fece immobilizzare.

«Ehi, Tim! Ce ne avete messo di tempo!»

Ecco una cosa a cui non avevamo pensato: che gli altri banditi potessero conoscere i due a cui Lyon e Cico si erano sostituiti.

Prima che potessi tornare al mio nascondiglio, il bandito, continuando a blaterare, scostò il telo e ci ritrovammo faccia a faccia.

«Ma che diavolo...?» esclamò lui con gli occhi dilatati dal panico, facendo un passo indietro.

Udii le portiere del veicolo sbattere, e quando l'uomo si voltò di scatto, la sua espressione divenne più confusa che mai.

«Tu non sei Tim!»

«E ora, che si fa?» domandai, mentre cercavo di arrotolare le maniche troppo lunghe della giacca del bandito, che ora giaceva svenuto e imbavagliato nel fondo del cassone. Era solo questione di tempo prima che qualcuno, con l'intenzione di scaricare il camion, lo scoprisse. Non c'era spazio per dubbi o errori: dovevamo agire rapidamente.

«Il fatto che la torre non sia totalmente operativa ci darà del tempo in più, ma non sappiamo quanto» disse Lyon, pensieroso. «Per fermare il Generale, dobbiamo fare in modo che non si possa più riparare».

«Lyon, ci sono troppe guardie nell'edificio» osservò Cico. «Se anche riuscissimo a raggiungere la sala comunicazioni, niente ci assicura che nessuno ci scoprirà...»

«... e in quel caso, saremmo in trappola» concluse Alex con voce cupa.

Lyon non rispose, ma sapevo che aveva già considerato la cosa e aveva preso una decisione.

«Non pensarci nemmeno» dissi io, precedendolo. «Non andrai da solo, nemmeno con la scusa che daresti meno nell'occhio!»

Tentò di nascondere un sorriso, ma il suo sguardo era risoluto. Per lui era già tutto deciso. Non aveva però tenuto in considerazione quanto testardi potessimo essere noi, e dato il poco tempo a nostra disposizione, rinunciò a tentare di convincerci.

«Se ci scoprono» disse Cico con una smorfia beffarda, «penseremo a un modo per toglierci dai guai. Non è forse quello che facciamo ogni volta?»

Nella stazione radio c'erano più movimento e agitazione di quanto ci fossimo aspettati: uomini armati piantonavano ogni corridoio, mentre altri arrancavano da un punto all'altro della struttura, schiacciati dal peso di fasci di cavi e apparecchiature. Per fortuna passare inosservati non fu così difficile, soprattutto dopo aver imbracciato qualche scatolone, e a guidarci nella giusta direzione furono i banditi stessi. Quasi trascinati dal laborioso andirivieni, ci ritrovammo ben presto al piano superiore, dov'erano collocate le sale di registrazione e trasmissione. A differenza del piano inferiore, qui il silenzio era quasi assoluto, nonostante l'affrettarsi degli uomini all'opera, e una cappa di tensione saturava l'aria.

Ci muovemmo in una direzione a caso, per confonderci con gli altri, quando di colpo una delle porte si spalancò con violenza e un uomo in divisa, il volto coperto da una maschera antigas, uscì nel corridoio.

«Dove accidenti sono i rifornimenti?» tuonò furibondo, guardandosi intorno come aspettandosi di verseli recapitare immediatamente davanti.

«Risultano consegnati, signor Generale, sissignore!» squittì un ometto in mimetica, il cappello di traverso per lo spavento. Poi lo informò con voce innaturalmente acuta che il furgone era giunto a destinazione da venti minuti e che avrebbe mandato subito qualcuno a controllare.

Senza replicare, il Generale tornò nella stanza dalla quale era uscito, sbattendosi la porta alle spalle. La targa sull'architrave recitava: 'SALA TRASMISSIONI'.

Il nostro bersaglio era così vicino... eppure con tutto quel viavai sarebbe stato impossibile agire senza ritrovarci addosso tutta la stazione radio. Senza contare che, da un minuto all'altro, qualcuno avrebbe trovato il bandito svenuto nel retro del furgone e avrebbe lanciato l'allarme.

«Ehi, voi!» esclamò di colpo una voce, facendoci sussultare. «Quella roba va nella sala di aerazione. Cavolo, ormai non sappiamo più dove mettere tutto questo ciarpame...»

Fummo spinti in fondo a un corridoio, dove una porta anonima era socchiusa su uno stanzino semibuio. Quando entrammo, il ronzio delle ventole del sistema di aerazione centralizzato attutì tutti i rumori esterni.

«Siamo morti» esclamò allora Alex, lasciandosi cadere su uno degli scatoloni.

«Se anche irrompessimo nella sala trasmissioni, in pochi secondi ci sarebbero tutti addosso!» esclamò Cico. Stavolta anche lui sembrava rassegnato al nostro fallimento.

«E se uscissimo in corridoio sparando a qualunque cosa si muova, finiremmo sul pavimento ridotti a un colabrodo prima ancora di arrivare alla porta» rincarò Alex, la testa stretta tra le mani.

«Non c'è modo di far fuori tutti quei banditi, e da un momento all'altro qualcuno scoprirà il tipo imbavagliato nel camion...» aggiunsi io, ormai nel panico.

Guardammo Lyon camminare avanti e indietro, la faccia tesa nello sforzo di trovare una soluzione. Quando si bloccò di colpo, tememmo avesse sentito un rumore e scattammo in piedi, spaventati.

«Avete ancora le maschere antigas?»

Confusi, frugammo negli zaini, estraendo ciascuno una grossa maschera simile a quella che il Generale non si toglieva mai. A quel punto, Lyon ficcò testa e braccia nel suo zaino e ne estrasse una serie di piccoli cilindri, ciascuno con un anello metallico all'estremità.

«Gas soporifero» spiegò Lyon, in risposta ai nostri sguardi interrogativi. «Non basterebbe, ma rilasciandoli tutti nel sistema di aerazione...»

Gli occhi di tutti si spalancarono, e finalmente ci scambiammo un sorriso. Senza perdere tempo, indossammo le maschere; poi Cico armeggiò con lo sportello del sistema centrale, mentre

168

Lyon si preparava ad attivare i fumogeni.

Non appena strappò la prima
linguetta, dal cilindretto si sprigionò una nube bianca. Subito
Lyon lo infilò nel condotto, passando poi al successivo, e solo quando
ebbe attivato tutti i fumogeni Cico richiuse lo sportello con uno scatto.

Restammo in silenzio, senza sapere se e
quando il piano avrebbe avuto successo, gli
occhi puntati alla porta.

«Come facciamo a sapere se ha funzionato?» domandai dopo
qualche minuto, la voce soffocata dalla maschera.

Nel corridoio si udì un tonfo pesante, seguito a ruota da altri
colpi. Titubanti, ci accostammo alla porta. Lyon la aprì con cautela e sbirciammo fuori: il corridoio era cosparso di corpi acca-
sciati in pose bizzarre, e il silenzio sembrava assoluto.

Uscimmo dallo stanzino, e ci fermammo davanti alla porta della sala trasmissioni, l'ansia galoppante nel petto all'idea della
battaglia che ci attendeva.

Lyon impugnò la pistola e fece per abbassare la maniglia, quando questa scattò e la porta si aprì.

Puntammo immediatamente le armi contro l'uomo davanti a
noi che, nonostante la maschera, non riuscì a soffocare un debole sussulto di meraviglia.

«Ciao, fratello».

Dal diario del Generale

Non mi sono mai tirato indietro davanti a un sacrificio da compiere, qualunque esso fosse, pur di raggiungere la grandezza a cui sono destinato. Tuttavia, ammetto di aver esitato ogni volta che Lyon era coinvolto.
Ho tentato fino all'ultimo di aprirgli gli occhi, perché comprendesse finalmente qual è il suo posto nel mondo, ma non mi ha mai voluto ascoltare.
Come fratello maggiore, ho sempre cercato di guidare Lyon verso la strada giusta. Quando era piccolo, lo difendevo da chi si prendeva gioco di lui, e la sua ammirazione mi riempiva di orgoglio. Ma poi, crescendo, non ha più avuto bisogno di me.
È diventato brillante, indipendente, carismatico. Ogni persona veniva attratta dalla sua personalità, ogni professore era impressionato dai suoi talenti. Quello stesso successo, per cui io avevo faticato così tanto, lui lo otteneva senza nessuno sforzo.
Lentamente i suoi traguardi iniziarono a oscurare i miei, e finii per diventare 'il fratello maggiore di Lyon'. Non lo sopportavo!

Abbracciare la carriera militare fu una liberazione. Lontano da casa e da mio fratello, nessuno avrebbe più offuscato la mia luce, e lavorai duramente perché i miei meriti venissero riconosciuti come era giusto che fosse. I superiori elogiavano i miei successi e le promozioni si susseguivano una dietro l'altra. Finalmente sentii che nessuno poteva più mettere in discussione le mie capacità.

Ma poi, di colpo, tutto cambiò.

Quando mi dissero che anche mio fratello si era arruolato nell'esercito, sapevo che la storia era destinata a ripetersi. La sua ascesa fu, se possibile, anche più rapida della mia, e nelle mie orecchie tornò di nuovo l'insopportabile cantilena su quanto Lyon fosse eccezionale e talentuoso. Ricominciai a odiarlo.

A un certo punto ci trovammo ad avere lo stesso grado e a rivaleggiare tra di noi, incitati dagli alti gradi dell'esercito che, pur ammirandoci, godevano nel vederci l'uno contro l'altro.

Tuttavia ci sono cose che il talento da solo non può garantire. In una posizione di comando ci vogliono polso, decisione, spirito di sacrificio. Bisogna essere disposti a tutto, non avere pietà. E quando finalmente giunse il momento della nomina a Generale, fui io a essere premiato per i miei meriti.

Lyon si ritrovò solo, smarrito nella massa delle persone comuni. Aveva bisogno di qualcuno che indirizzasse finalmente i suoi passi. Aveva bisogno di me.

>>> **171** <<<

Lo nominai mio secondo in carica, e sotto la mia guida gli mostrai che cosa significasse essere un perfetto generale. Per qualche tempo le cose funzionarono. Rividi affiorare in lui quell'ammirazione che da piccolo nutriva per me, e lentamente lo vidi imboccare la strada che ci avrebbe portati alla gloria.

Finché non incontrò Anna.

È stata lei a strapparmelo via, a ridargli quel bagliore che per anni avevo detestato con tutto me stesso, a restituirgli quella sicurezza che aveva minato la mia.

Tentai di allontanarlo da quella ragazzetta, di fargli capire che l'onore e la gloria erano ben più importanti dell'amore. Ma in tutta risposta Lyon mi accusò di essere corrotto e senza scrupoli, un pessimo fratello, e abbandonò la carriera militare.

Quando è arrivato al mio accampamento, emotivamente a pezzi, quasi non credevo all'opportunità che il destino aveva deciso di offrirmi. Sentivo che sarebbe stata solo questione di tempo prima che finalmente si decidesse a unirsi a me. Ma poi anche Anna è arrivata alla colonia, e ho capito che, presto o tardi, Lyon mi avrebbe nuovamente voltato le spalle. Avrei dovuto farla fuori subito, simulando un incidente! Lasciare in vita lei e quel Cico è stato un errore imperdonabile.

Ma come avrei potuto prevedere che durante la finta missione che gli avevo affidato avrebbero trovato un loro vecchio amico?

Non sapevano che l'aeroporto a breve sarebbe stato sotto il mio controllo, così come tutti i banditi, e che quella missione aveva l'unico scopo di sterminare l'inutile marmaglia con cui Lyon si ostina a viaggiare.

Malgrado lui e i suoi amici siano riusciti a sfuggire a ogni mio attacco, hanno continuato a spostarsi lungo il percorso che io avevo tracciato, e quando sono finalmente arrivati al LIRI Lyon avrebbe dovuto capire che era giunto il momento di rinnegare gli amici e unirsi a me.

Gli ho offerto un'ultima possibilità. Gli avrei concesso di dimenticare il passato e diventare il mio braccio destro.

Invece lui ha preferito la morte, andando contro il suo stesso sangue.

Ancora una volta mi ha deluso, ma stavolta non ho avuto altra scelta. Non posso più permettermi debolezze e sentimentalismi, non quando sono così vicino al compimento del mio destino.

Ormai è tutto pronto.

Ogni mercenario, bandito e soldato risponde soltanto a me, e grazie ai mutanti nessuno potrà bloccarmi la strada.

Una volta che avrò trasmesso il mio messaggio a tutto il Paese, diventerò l'unica guida per queste anime perse nel caos.

E allora ogni mio sacrificio, ogni mia rinuncia, ogni mia macchia verrà cancellata e ripagata con il posto che merito.

>>> **173** <<<

CAPITOLO 10
MINACCE D'OLTREMARE

Nel corridoio calò un silenzio carico di tensione. I riferimenti al legame di sangue con quello che sarebbe dovuto essere uno sconosciuto, il loro passato burrascoso... ora tutto acquistava senso.

Lyon e il Generale erano fratelli.

«Hai fatto più in fretta del previsto» disse il Generale, riguadagnando la sua impassibilità.

Lanciò un'occhiata fugace alle due estremità del corridoio, e un sospiro seccato vibrò attraverso il respiratore della sua maschera antigas.

«Quando si dice 'chi fa da sé, fa per tre'... d'altronde, che cosa ci si può aspettare da una massa di sciacalli allo sbando?»

Incurante delle armi che gli puntavamo addosso, si girò e rientrò nella sala trasmissioni. Lo seguimmo e ci ritrovammo in un'enorme stanza stipata di complesse postazioni e schermi, in parte spenti. «È finita, Generale» furono le parole di Lyon, prive di qualunque emozione.

«Per quanto ancora continuerai a trattarmi con freddezza, Lyon?» domandò il Generale. «E dire che io fino all'ultimo ho sperato che ti unissi a me!»

«Unirmi a te?!» sbottò Lyon. «Hai manipolato la mia vita, sabotato ogni mio successo... Sei arrivato ad architettare menzogne pur di avermi sotto il tuo controllo!»

Di colpo ci sentimmo fuori luogo, in quel momento così privato. Gli occhi di Alex e Cico vagavano quasi comicamente in ogni angolo della stanza, pur di non guardare i due fratelli che stavano discutendo.

«Ti ho sempre ammirato» continuò Lyon, lo sguardo reso indecifrabile dalla maschera. «Per me sei sempre stato un esempio, un modello da imitare. Mentre tu, alle mie spalle, tramavi e sputavi veleno a ogni mio passo».

«Tu non hai idea di che cosa significhi vedere anni di sacrifici e impegno oscurati da uno stupido marmocchio, che si vede offerti riconoscimenti e fama senza aver fatto il minimo sforzo!» La voce del Generale tremava. «Perfino nell'esercito quelle voci continuavano a perseguitarmi... 'Come è talentuoso tuo fratello', 'Attento, o tuo fratello diventerà generale prima di te'... Godevano tutti nel vedermi superato da mio fratello minore. Anni di duro lavoro spazzati via, per tornare a essere 'il fratello di Lyon'...»

«Wow, chi l'avrebbe mai detto che il Generale fosse così complessato...» borbottò Cico, la voce fortunatamente soffocata dalla maschera. Gli tirai una gomitata, sperando che nessun altro avesse sentito.

«La mia nomina a Generale ha determinato senza più alcun dubbio chi tra noi due fosse il migliore».

Nella sua voce serpeggiò una soddisfazione maligna. «Ma non ti ho mai portato rancore e ho voluto tenerti al mio fianco. Volevo che tu fossi la mia spalla, il mio secondo in comando. Finalmente stavi capendo qual era il tuo posto» continuò con tono delirante. «La nostra alchimia in azione è sempre stata innegabile. Potevamo avere una carriera perfetta. Un successo e un potere infiniti. Ma poi... tu hai rovinato tutto».

Quando mi accorsi che il suo sguardo era puntato su di me, avvertii un brivido gelido lungo la schiena.

Spostai gli occhi su Lyon, confusa come mai prima di allora.

Quella storia per me era nuova. Come potevo essere coinvolta in quei fatti che nemmeno conoscevo? Poi iniziai a collegare gli eventi.

Quando incontrai Lyon per la prima volta, lui era ancora nell'esercito. Ci conoscemmo durante una sua licenza.

Da qualche tempo avevo preso l'abitudine di trascorrere le mattine

in uno degli angoli più appartati di un parco, all'ombra di una grande quercia, a leggere su una panchina. Il giorno in cui lo notai correre, mi meravigliai nel vederlo in quella zona così poco frequentata: generalmente gli atleti preferivano seguire i percorsi più centrali, ma presto la sua presenza diventò per me una piacevole costante.

Nel giro di qualche settimana mi accorsi che il suo passaggio nella mia zona era diventato più frequente, finché un giorno mi resi conto che lui stava correndo letteralmente intorno alla quercia sotto cui c'era la 'mia' panchina.

Senza sollevare lo sguardo dal libro che stavo leggendo, gli dissi: «Se sei un maniaco, sappi che devi lavorare sul passare inosservato».

Con la coda dell'occhio lo vidi fare una piroetta su se stesso che gli costò una rovinosa caduta sul sentiero. Anche a terra, era così sorpreso che continuò a fissarmi con una buffa espressione, boccheggiando come un pesce. Quando finalmente ricambiai il suo sguardo, lui scattò in piedi, mettendosi sull'attenti.

«Maggiore Lyon al suo servizio, signora!» gridò, serissimo e impettito.

Non fosse stato per la tuta da jogging, probabilmente avrebbe avuto anche un certo fascino, ma in quel momento l'unica cosa che riuscii a fare fu scoppiare a ridere.

Da quel momento i nostri incontri al parco diventarono una specie di appuntamento quotidiano, finché lui mi invitò finalmente fuori a cena. Quella sera ci baciammo, e iniziò la nostra storia.

Talvolta capitava che passassero mesi prima che potessimo rivederci, e a ogni nostro incontro Lyon sembrava ritornare a respirare dopo una lunga apnea.

Non parlò mai del suo lavoro nell'esercito, né io gli chiesi mai nulla, limitandomi a offrirgli il mio appoggio, ma capii che la vita militare lo stava annientando. Lo vedevo sempre più infelice.

Quando, durante una licenza, mi travolse in un abbraccio quasi doloroso, mi resi conto che era arrivato al limite.

«Andiamo via di qui» mi disse scosso. «Lasciamo la città, andiamo in qualche luogo sperduto, ovunque purché non sia qui».

Quando gli chiesi della sua carriera militare, mi rispose seccamente: «Che vada al diavolo l'esercito! Voglio solo stare con te».

La mattina successiva viaggiavamo lungo l'autostrada, diretti il più lontano possibile dalla sua vecchia vita. Lyon aveva un sorriso sereno stampato sul volto, come non ne avevo mai visti prima di quel momento.

«Era da te che voleva allontanarsi» dissi di colpo, facendo scivolare finalmente l'ultima tessera del puzzle al suo posto.

«Sei stata tu ad avermelo portato via!» gridò allora il Generale, puntandomi contro un dito. «Stava andando tutto alla perfezione, finché non sei arrivata tu, a riempirgli la testa di idiozie!»

«Lo hai manipolato, quasi distrutto sotto il peso del tuo egocentrismo!» urlai, furibonda. «Che razza di persona schiaccerebbe suo fratello sotto i propri piedi, solo per sollevarsi più in alto degli altri?!»

«Non pretendo che una sciocca come te comprenda concetti come l'ambizione e la grandezza» rispose lui, tornando a guardare le console di trasmissione. «Ma stavolta non ci sarà nessuno a mettermi i bastoni tra le ruote. Nessuno ricorda più il tuo nome, fratello, ma ogni colono in questo Paese conoscerà il mio!»

Attivando alcuni interruttori, tutte le console iniziarono a lampeggiare e gli schermi si illuminarono.

Sollevammo di scatto le pistole, ma il Generale fu altrettanto rapido e puntò l'arma alla testa di Lyon. Anche Lyon fece lo stesso.

«È a questo che ci siamo ridotti?» disse con voce tagliente. «Puntarci le pistole alla testa, in attesa di scoprire chi si deciderà una volta per tutte a sparare?»

La tensione ora era così densa da tagliarsi a fette. Se uno di noi avesse sparato, il Generale prima di morire avrebbe fatto in tempo a uccidere Lyon.

«Ti offro ancora una possibilità» disse il Generale in tono conciliante. «Dimentichiamo il passato, lavoriamo insieme. Con il mio esercito e le tue abilità, nessuno sarà in grado di fermarci».

«Quando capirai che sei e sarai sempre da solo sulla strada che hai scelto di seguire?» rispose Lyon, duro.

«E allora preparati a morire» replicò il Generale, facendo schizzare la tensione al culmine.

Noi eravamo altrettanto pronti a fare fuoco.

Improvvisamente da uno degli apparecchi radio presenti nella stanza provenne una serie di suoni acuti.

A ogni segnale, Lyon e il Generale si irrigidivano, poi abbassarono contemporaneamente le armi.

«Che diavolo significa?» domandò Lyon allarmato, sfilandosi finalmente la maschera e lasciandola cadere a terra. Poi accostò l'orecchio alla radio militare.

«Non capisco» rispose il Generale, afferrando carta e penna e trascrivendo la traduzione del messaggio in codice morse. «Mi avevano assicurato che il lancio era sospeso fino a mio ordine...»

«Che cosa sta succedendo?» domandai.

«È un conto alla rovescia» spiegò Lyon, sollevando appena lo sguardo. «Una bomba verrà sganciata sul Paese tra cinque giorni».

Sentii il sangue defluire dal viso, mentre un gelo mortale mi invadeva. Tutti gli altri nella stanza erano sotto shock, eccezion fatta per il Generale.

«Non può essere... Chi mai avrebbe le risorse necessarie, dopo questa catastrofe?» domandò Cico nervoso.

La risata divertita del Generale ci colse di sorpresa.

«Credete davvero che tutto il mondo sia ridotto in questo stato? Poveri sciocchi!»

Quell'idea, che fino a quel momento non mi aveva mai sfiorata, ora mi colpì come uno schiaffo. Esisteva davvero un luogo libero dall'epidemia? Perché non avevano inviato aiuti? Perché non avevano messo fine a tutta quella distruzione e sofferenza, lasciando che il Paese cadesse in mano agli infetti e ai cannibali?

Il Generale, godendo del nostro sconcerto, ci concesse una spiegazione.

«Pensate forse che tutto questo sia solo uno sfortunato incidente? Questa è un'opportunità. Con i governi caduti e il mondo alla deriva, chi pensate che possa trarre vantaggio da tutto ciò?»

«Quelli che fino a poco tempo fa non potevano arrivare al comando» rispose Lyon disgustato, guardando il fratello con odio. «Sciacalli e assassini, ecco chi!»

«Vedila come vuoi, Lyon, ho smesso di cercare di farti capire come va il mondo. Ciò che conta al momento è che ben presto io avrò la mia parte, e loro avranno ciò che vogliono».

Il Generale fece per tornare alle console di trasmissione, ma Lyon lo afferrò per il braccio.

«Chi sono?» domandò Lyon furente.

Il Generale si liberò dalla sua stretta.

«Che cosa importa? Presto sarete tutti morti, e sapere chi ha premuto il pulsante non servirà certo a salvarvi...»

Lyon lo afferrò di nuovo, e con un sospiro il Generale si decise a darci spiegazioni.

«Fanno parte di una sfera di comando autoproclamata. Perlopiù sono ex capi di Stato deposti, e alcuni generali. Forse anche qualche presidente. Hanno occupato un'isola al largo dell'oceano Atlantico prima ancora che tutto questo iniziasse. Ma non pensate di poter raggiungere quel posto» aggiunse beffardo, notando il nostro scambio di sguardi. «È un luogo artificiale, non segnato sulle mappe e schermato da ogni tecnica di tracciamento».

Il silenzio scese nella stanza, mentre il Generale gioiva nel vederci sconfitti. Poi dal corridoio si udirono dei mormorii soffocati: le guardie stavano riprendendo conoscenza. Approfittando di quell'attimo di smarrimento, il Generale spinse i ragazzi a terra e corse alla console di trasmissione.

«Non è un grosso danno. Dovrò solo accelerare i tempi, affinché il mio dominio venga stabilito prima della 'pulizia'!» esclamò, armeggiando febbrilmente con i comandi.

Senza pensare, iniziai a sparare a qualunque macchinario nella stanza. Il Generale, colto di sorpresa, si gettò sul pavimento per ripararsi dai colpi, mentre una pioggia di scintille e fumo riempiva l'aria.

Mi fermai solo quando l'arma fu scarica. A quel punto il Generale si alzò di scatto e mi puntò la pistola contro.

«Avrei dovuto ucciderti subito, invece di lasciarti in vita solo perché mio fratello mi faceva pena. E tu non solo me lo hai portato via, ma ora hai distrutto tutto!»

Uno sparò lacerò l'aria. Il cuore mi precipitò a terra e la testa iniziò a girare vorticosamente. Per un istante il tempo sembrò allungarsi all'infinito, mentre il freddo si irradiava in tutto il mio corpo. Poi, spostando lo sguardo verso il Generale, vidi una larga macchia scura espandersi all'altezza del suo petto.

Stramazzò al suolo.

Lyon, alle mie spalle, mi superò, l'arma ancora fumante stretta tra le dita. Poi si inginocchiò accanto al fratello, gli sollevò la testa e armeggiò con la maschera antigas. Quando la sfilò, apparve finalmente il volto del Generale.

Il respiro mi si mozzò in gola. Era impressionante quanto lui e Lyon fossero simili: non fosse stato per la differenza d'età, avrebbero potuto essere gemelli.

«Che fine patetica. Ucciso da mio fratello» rantolò il Generale. «Alla fine sei riuscito a portarmi via tutto ciò che mi apparteneva...»

«Ho sempre dichiarato con orgoglio di essere tuo fratello» rispose allora Lyon, la voce ridotta a un sussurro ferito. «Ogni volta che mi elogiavano, ho sempre detto a tutti quanto ogni mio successo fosse stato possibile solo grazie al tuo esempio».

La tensione che fino a quel momento aveva irrigidito il corpo del Generale sembrò allentarsi un poco. Cercò di parlare, ma dalle labbra non uscì alcun suono. Il bagliore nei suoi occhi si spense, mentre dalla bocca un sottile rivolo di sangue gli scivolò lungo la guancia scavata.

Lyon rimase immobile, il corpo del fratello stretto tra le braccia. Potevo solo immaginare il dolore che stava provando, ma dopo un paio di minuti gli strinsi affettuosamente la spalla. Avevamo ancora una battaglia da combattere, e non c'era tempo da perdere.

Lyon adagiò il Generale sul pavimento e gli passò la mano sul volto, nascondendo lo sguardo ora vuoto dietro le palpebre.

«Dobbiamo andarcene, prima che i banditi riescano a rialzarsi» disse Cico con voce incerta.

Annuendo appena, Lyon si sfilò la giacca per coprire il corpo senza vita di suo fratello. Poi uscimmo nel corridoio mentre le guardie, ancora stordite, tentavano di rimettersi in piedi, ignare che la loro missione fosse appena fallita.

Dal diario dell'ingegnere James Thomas
PRIMA PARTE

[Giorno 1]

Il soprintendente capo ha chiesto al personale di tenere un diario per tutta la durata del progetto. Per tutelare la nostra salute mentale, dicono, visto che dovremo restare isolati nel mezzo dell'oceano per chissà quanto tempo. A me sembra solo una pagliacciata.
Che cosa accidenti dovrei scrivere?
Il mio nome è James Thomas e sono uno degli ingegneri a capo del progetto Eden. Sono stato contattato tre mesi fa per una consulenza, e da allora faccio parte del team di progettazione. Non mi hanno voluto spiegare nei dettagli a che cosa servirà questa gigantesca isola artificiale, e io non ho fatto domande. Fintanto che pagano bene, non ho problemi a fare il mio lavoro.

[Giorno 93]

I lavori procedono spediti e senza intoppi. Hanno reclutato i migliori per questo progetto: ingegneri, architetti, scienziati. I ritmi sono stressanti e il peso di essere isolati dal resto del mondo inizia a farsi sentire, alcuni giorni più di altri. Nessuno sembra sapere quale sarà lo scopo finale di quest'isola e molti nemmeno se lo chiedono. Il fatto di essere pagati così profumatamente mette a tacere ogni dubbio o curiosità.

[Giorno 165]

L'isola sta prendendo forma così rapidamente che mi sento quasi al pari del Creatore. Alberi, fiumi... siamo perfino riusciti a ricreare una montagna con della neve! Presto, a un occhio esterno, quest'isola sembrerà totalmente naturale. Tuttavia, se da una parte stiamo facendo miracoli, dall'altra le persone stanno iniziando a dare segni di cedimento. Lavoriamo giorno e notte, con turni estenuanti. Le richieste di nuovo personale tardano a essere accolte. In questo momento sull'isola ci sono 465 persone, tra specialisti, operai e personale di supporto. Ma non è abbastanza. I lavori per la costruzione della città sono in ritardo per mancanza di manodopera. E io non me la sento di costringere ancora gli operai a turni disumani. Domani ho un nuovo incontro con il soprintendente, spero che mi ascolterà.

[Giorno 213]

La situazione si sta surriscaldando. Le richieste di altro personale sono state ignorate più volte e gli uomini si rifiutano di tornare a lavorare fino a quando non sarà garantito loro nuovo aiuto.

Non riceviamo rifornimenti dal continente da più di cinque settimane, e girano voci sul fatto che il soprintendente si stia intascando parte dei fondi destinati all'assunzione del personale. Ma che cosa potrebbe mai farsene? Nessuno può lasciare l'isola, lo sanno tutti. Almeno fino al termine dei lavori.

[Giorno 279]

Oggi sono stato nominato vice-soprintendente. Certo, io sono quello con più anzianità all'interno del progetto, ma la cosa non mi rende tranquillo. Il mio predecessore è riuscito a lasciare l'isola insieme a parte del personale in rivolta, o almeno è quello che si dice in giro. Non so se sarò all'altezza del compito, spero soltanto di avere i mezzi per poter aiutare i miei uomini. Senza nuovo personale e l'arrivo di rifornimenti dalla terraferma, non ce la faremo mai a completare il progetto entro la scadenza.

[Giorno 328]

I cantieri hanno ripreso a pieno ritmo, e da quando è arrivato il nuovo personale gli uomini lavorano più serenamente. Le notizie dal continente sono sempre più rare, ma ormai la scadenza è vicina e non abbiamo tempo per pensare ad altro. Gli investitori stanno diventando impazienti di vedere i risultati e abbiamo poco più di due mesi per portare a termine ogni cosa.

>>> **189** <<<

[Giorno 370]

La città di Sanctuary è stata completata. Come vice-soprintendente del progetto, ho ottenuto uno degli appartamenti nella zona dei grattacieli. È un'emozione incredibile guardare lo skyline notturno di una città che è sorta davanti ai tuoi occhi. Finalmente potrò concedere una meritata pausa ai miei uomini. È soprattutto grazie a loro se questa città risplende sotto il cielo.

[Giorno 399]

Il soprintendente ha annunciato che domani apriremo l'isola ai primi abitanti: gli investitori e le loro famiglie, per un totale di 46 persone. Sarà una sorta di beta test per verificare tutte le funzionalità dell'isola, prima dell'arrivo degli altri abitanti.

Non so se sono pronto a condividere l'isola. Per più di un anno Eden è stata la mia casa, ogni membro del progetto si è fatto una vita qui. Sarà difficile spartire con questi palloni gonfiati il frutto del nostro lavoro. Ma, come il soprintendente ama ricordarci, il progetto Eden è nato dai soldi e ai soldi appartiene.

[Giorno 431]

Qualcosa non va.

I contatti con la terraferma si sono interrotti di colpo. Le ultime notizie risalgono a due settimane fa e parlavano di un'epidemia in rapida espansione nel Paese.

>>> **190** <<<

All'inizio mi sono considerato fortunato a essere relegato su Eden, ma ora sto iniziando a preoccuparmi. L'ultimo rifornimento di cibo e acqua è arrivato insieme ai nuovi ospiti, e da allora ogni tentativo di contattare il continente è andato a vuoto. Gli ospiti e i miei superiori sembrano tranquilli, o almeno è quello che vogliono far vedere. Inizio a pensare che quest'isola non sia solo il capriccio di un manipolo di ricconi.

ALLEANZE

Lasciammo la torre radio in fretta e furia, prima che i banditi si rendessero conto di che cosa era accaduto. Le poche guardie all'esterno non furono abbastanza rapide da fermare la nostra fuga a bordo di una delle loro jeep, e quando finalmente riuscirono a dare l'allarme, noi eravamo già lontani. Viaggiammo in silenzio, senza meta, la testa stracolma di pensieri. Ma ancora una volta, una nuova minaccia pretendeva la nostra attenzione, e il tempo di piangere le perdite doveva essere rimandato.
Solo che stavolta nessuno di noi sapeva se ci sarebbe stato un 'dopo'.
Quando guardai fuori dal finestrino, davanti ai miei occhi sfilava la costa al tramonto.

Nonostante l'epidemia avesse messo in ginocchio da tempo la civiltà, nulla era stato in grado di cancellare la bellezza mozzafiato del tramonto riflesso sulle onde del mare. Dalla fessura aperta del finestrino, un odore salmastro si insinuò nell'abitacolo. Pochi minuti dopo, iniziò a scendere una pioggerella leggera. Il profumo del mare e il ticchettio ritmico delle gocce sul tettuccio della jeep distesero i miei nervi. Solo allora mi resi conto di quanto fossi realmente stanca: le mie palpebre si fecero pesanti, e un torpore mi ricoprì dalla testa ai piedi, trascinandomi in un sonno profondo.

Mi risvegliai di colpo, terrorizzata, mentre in lontananza si spegneva il rombo di un tuono.

Ogni strascico del tramonto era stato inghiottito da enormi nuvoloni neri e la pioggia si era trasformata in un tremendo acquazzone. Lyon, alla guida, faticava ad avanzare, mentre i fari della jeep tentavano disperatamente di perforare la coltre di pioggia.

«Lyon, sarebbe meglio trovare un posto per la notte» disse Cico, spezzando il silenzio.

Lanciandogli un rapido sguardo, come se si fosse appena reso conto di non essere solo, Lyon annuì e iniziò a costeggiare il ciglio della strada in cerca di un rifugio.

La pioggia cadeva così fitta che quasi non ci accorgemmo del distributore di benzina sul lato opposto della strada. Facendo rapidamente inversione, Lyon fermò la jeep sotto l'ampia tettoia della stazione di rifornimento e spense il motore. Restammo zitti per qualche minuto, l'oscurità rischiarata da fulmini lontani.

«Scendo a controllare che qui intorno sia sicuro» disse Lyon a un tratto, caricando la pistola. «Restate in macchina finché non vi do il via libera».

Quando lo osservai dal sedile posteriore, mi accorsi che il suo sguardo era perso nel vuoto.

«Lyon, siamo tutti stanchi. È meglio andare insieme» dissi con tono calmo ma deciso.

Sentivo che se fosse uscito da solo sarebbe crollato da un momento all'altro, sopraffatto com'era dagli ultimi eventi. Lui rimase qualche istante in silenzio, quindi annuì debolmente.

«Va bene. Andiamo».

Nonostante il riparo della tettoia, la pioggia incessante e il vento ci ridussero comunque a quattro pulcini bagnati. Una volta davanti alla piccola stazione di servizio, ci accorgemmo che la porta era stata sprangata e bloccata con un lucchetto.

«Come facciamo ad aprirla?» gridò Alex, cercando di sovrastare il fragore dell'acquazzone.

Lyon fece scorrere il fascio di luce della torcia lungo la facciata dell'edificio, cercando qualche via d'accesso. Ma ogni finestra era stata sbarrata dall'interno con grosse tavole di legno, rendendo impossibile vedere attraverso le barricate. Rassegnati, ci avventurammo sul retro sotto la pioggia battente, nella speranza di trovare una porta di servizio o un capanno. Qualunque cosa sarebbe andata bene, pur di non restare sotto quel diluvio.

Per nostra sfortuna, la situazione sul retro non era diversa da quella dell'ingresso, e a quel punto eravamo zuppi fino alle ossa.

Ci incamminammo sconfitti verso la jeep, quando un fragore assordante ci fece sobbalzare. Lyon si voltò di scatto, la pistola stretta in una mano e la torcia nell'altra. Il fascio di luce rivelò Alex steso a terra, un bidone della spazzatura rovesciato al suo fianco.

«Alex! Che cosa è successo?!» esclamai, ancora spaventata.

«Non vedevo niente e questo affare era in mezzo ai piedi!» piagnucolò lui, cercando di rialzarsi. «Che cos'è quella cosa lì dietro?»

Lyon si accucciò al suo fianco, illuminando il terreno nel punto dove prima era posizionato il bidone.

«Una botola...» mormorò Cico avvicinandosi.

Senza pensarci due volte, Lyon afferrò la maniglia e tirò con quanta forza aveva, finché il coperchio cedette, sollevandosi con un lamento metallico.

Dalle profondità del sotterraneo fuoriuscì una zaffata di umidità e stantio, e quando Lyon illuminò il buco, notammo una vecchia scaletta a pioli incastonata su un lato della parete.

Davanti all'unica alternativa al restare chiusi in macchina, ci facemmo coraggio e scendemmo di sotto.

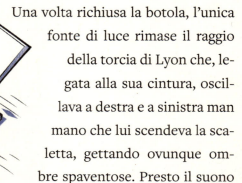

Una volta richiusa la botola, l'unica fonte di luce rimase il raggio della torcia di Lyon che, legata alla sua cintura, oscillava a destra e a sinistra man mano che lui scendeva la scaletta, gettando ovunque ombre spaventose. Presto il suono della pioggia divenne un mormorio indistinto, rimpiazzato dal gocciolio ritmico di qualche tubatura.

Quando Lyon arrivò in fondo alla scaletta, iniziò a tastare le pareti in cerca di un interruttore, ma senza fortuna.

«Deve esserci un generatore, da qualche parte...» mormorò, addentrandosi nel sotterraneo.

Man mano che lo seguivamo, notammo diverse stanze immerse nelle tenebre, e un'improvvisa inquietudine si impadronì dei miei pensieri. Ma che cos'era quel posto? E se lì sotto non fossimo stati soli?

Accelerai il passo per raggiungere Lyon, quando lo sentimmo urlare soddisfatto. Subito dopo, le lampade si accesero con un ronzio. Dopo tutto quel tempo passato nell'oscurità, la luce mi risultò quasi insopportabile, tanto che dovetti chiudere gli occhi. Quando finalmente riuscii a riaprirli, mi resi conto che quello non era uno scantinato, bensì un bunker, perfettamente organizzato per fronteggiare ogni genere di disastro. C'erano una camera da letto con delle brandine, un magazzino pieno di viveri e un generatore, un piccolo bagno con tanto di doccia e serbatoio dell'acqua e una cucina in cui era stato messo perfino un vecchio divano.

«Se non vi spiace, io vado a dormire» disse Cico con tono sofferto. Malgrado la ferita alla testa, fino a quel momento non si era risparmiato, ed era davvero distrutto.

«Certo, andate tutti» disse Lyon, cercando di nascondere la fatica nella voce. «Io darò un'occhiata a questo posto, prima di raggiungervi».

Notai l'incertezza nello sguardo dei ragazzi mentre studiavano Lyon, ma entrambi non dissero nulla e sparirono nella stanza da letto. Per quanto fossi anche io terribilmente stanca, sapevo di non poter lasciare solo Lyon in un momento simile. Entrai in camera, in cerca di un paio di coperte, e quando tornai in corridoio lo vidi scendere dalla scaletta d'accesso, se possibile ancor più fradicio di prima.

«Ho nascosto la jeep» mi spiegò chiudendo il portellone blindato del rifugio. «Meno facciamo notare questo posto, meglio sarà per noi».

Un brivido violento lo scosse da capo a piedi, e solo allora mi resi conto che anche io stavo congelando. Immediatamente lo spinsi verso il bagno, offrendogli una delle coperte.

«Togliti quei vestiti di dosso e fatti una doccia calda» gli ordinai. «Se non hai altri abiti nello zaino, proverò a cercare qualcosa qui in giro».

Annuendo stancamente, si spogliò, poi si avvolse nella coperta e sparì in bagno.

Quando finalmente ricomparve, mi trovò rannicchiata sul divano, avvolta nella coperta. In un angolo della stanza un'antiquata stufa a gas tentava, con sforzo quasi eroico, di asciugare i nostri abiti fradici, gettati sulle sedie.

Lyon si guardò intorno per qualche istante, smarrito, quando i suoi occhi caddero sulla vecchia radio sul tavolo della cucina.

«Funziona» gli dissi, anticipando i suoi pensieri. «Ma al momento l'unica trasmissione che sembra ricevere è quella della bomba».

Si strinse nella coperta con gesto istintivo, come a volersi proteggere da quel pensiero, quindi recuperò dallo zaino la sua ricetrasmittente e la collegò alla radio.

«Magari, quando il temporale sarà passato, avremo più fortuna» disse, raggomitolandosi anche lui sul divano.

Rimanemmo in silenzio per un po', avvolti nelle coperte e persi nei nostri pensieri, e per un attimo credetti che Lyon, cedendo alla stanchezza, si fosse addormentato.

«Sapevo che sarebbe finita così» mormorò d'un tratto, cogliendomi di sorpresa. «Ma saperlo non lo ha reso meno doloroso».

Mi voltai a guardarlo. Per Lyon era difficilissimo confidarsi, quindi rimasi in silenzio, lasciandogli il tempo di proseguire.

«Forse, se mi fossi aperto di più con lui... non mi avrebbe odiato così tanto. E forse non avrei finito per odiarlo a mia volta».

«Volevi bene a tuo fratello, per te era un modello» risposi, stringendogli la mano. «Ma lui ti ha sempre visto come un rivale, un ostacolo. E ciò che ti ha fatto, le atrocità che ha commesso... Niente può giustificarlo».

«Per un attimo, poco prima che morisse, ho rivisto mio fratello, lo stesso con cui giocavo da bambino...» disse cupo lui. «Ma quello che ho avuto davanti a me in questi mesi, quello che per anni mi ha schiacciato e rinnegato... Quello a cui ho sparato era solo un mostro».

Restammo in silenzio, le dita intrecciate e il peso del mondo pochi centimetri sopra le nostre spalle. Il respiro di Lyon si fece più lento e profondo. Si era finalmente addormentato. Posai la testa sulla sua spalla e chiusi gli occhi, ripetendomi che, mal grado una bomba stesse per spazzare via tutto, qualche ora di riposo l'avevamo meritata.

«... in circa quattro ore dovremmo essere alla colonia, capitano».
«Fate più in fretta che potete, non resta molto tempo».
Mi strofinai gli occhi, stordita dal sonno, e per qualche istante faticai a riconoscere dove mi trovavo. Lyon mi dava le spalle, seduto al tavolo della cucina, la ricetrasmittente stretta in mano.
«Che sta succedendo?» domandai, la voce impastata dal sonno.
Sorpreso, Lyon si voltò a guardarmi con espressione dispiaciuta.
«Scusami, ti ho svegliata».
Scossi la testa, mettendomi a sedere, la coperta ancora ben stretta addosso.
«Tanto mi sarei svegliata comunque. Era il capitano della colonia?»
«Già. Il comunicato della bomba ha raggiunto ogni colonia, insediamento o campo dotato di radio» rispose, prendendo posto al mio fianco. Indossava nuovamente i suoi abiti. Contro ogni mia aspettativa, la vecchia stufa aveva fatto il suo dovere.

«Ci aspettano alla colonia al più presto. Il capitano ha urgentemente bisogno di parlarci. Credo che anche lei fosse al corrente della bomba ancora prima che il messaggio venisse diffuso. E ora che il Generale è morto, dobbiamo unire le forze per capire se c'è una possibilità di salvezza».
Per un attimo la collera mi invase:

il capitano ci aveva praticamente cacciati dalla colonia, e ora voleva che tornassimo alleati? Una fitta di dolore atroce mi trapanò la testa. Subito dopo, avvertii uno strano formicolio in tutto il corpo. Iniziai a sudare freddo, con il cuore che batteva fuori controllo.

«Anna! Anna, stai bene?»

Avvertii la stretta di Lyon intorno alle mie spalle, mentre la vista si annebbiava, rendendo quasi indistinguibile il suo volto preoccupato.

«Sì... be', non troppo» riuscii a mormorare, il cuore precipitato nella disperazione.

Sapevo che cosa stava succedendo, e lo sapeva anche Lyon. Infatti disse solo: «Aspettami qui, arrivo subito». Tornò con una siringa e mi praticò l'iniezione di antivirale Z con tutta la delicatezza di cui era capace. Per quanto l'iniezione avesse una lunga efficacia, ogni nuova crisi era più violenta della precedente, e mi domandai per quanto sarei ancora riuscita a resistere, prima di soccombere definitivamente al virus. Spaventata e sfinita, rimasi immobile, in attesa del sollievo portato dall'antivirale, e Lyon mi tenne stretta a sé fino a quando non iniziai a sentirmi meglio.

«Vado a svegliare Cico e Alex» mi disse poi con un sorriso. «Ti conviene approfittare del bagno, finché sei in tempo».

Prima di partire, facemmo un'abbondante colazione. Nel vederci riuniti tutti insieme intorno al tavolo in cucina, una fugace sensazione di normalità mi investì in pieno, facendomi sprofondare in un mare di tristezza. La rabbia di prima fu sostituita dalla consapevolezza che il capitano era la nostra unica opportunità per impedire che l'intero Paese venisse spazzato via dalla bomba. Ma se avessimo fallito, non ci sarebbero più stati momenti come quello.

Poco dopo ci rimettemmo in viaggio, e Lyon ci riferì la breve conversazione avuta con il capitano.

« È vero ciò che si dice?» aveva chiesto, incredula, il capitano a Lyon. «Il Generale è davvero morto?»

Forse era stato proprio quello a convincerla una volta per tutte che Lyon fosse la persona giusta con cui affrontare la nuova minaccia. Passammo il resto del tragitto cercando di immaginare quali segreti conoscesse quella donna dura e indecifrabile, e quante possibilità ci fossero di impedire l'esplosione.

Quando arrivammo alla colonia, il capitano ci stava aspettando davanti al cancello principale. Attraversando i sentieri ormai familiari, notai che i danni provocati dagli attacchi dei mutanti e dei cannibali erano quasi del tutto spariti. Tuttavia, nell'aria c'era una tensione quasi insostenibile, e il viavai verso il bunker dell'accampamento era più frenetico che mai.

«Ci stiamo preparando a ogni evenienza» spiegò il capitano, seguendo il mio sguardo. «Seguitemi, abbiamo tanto di cui discutere».

Passammo l'intera giornata mettendola al corrente di tutte le vicende appena trascorse, e lei condivise con noi le informazioni in suo possesso.

Come avevamo intuito, anche il capitano era a conoscenza del progetto X, il cui scopo era quello di dare vita a creature mutanti in grado di ribaltare le sorti di qualunque scontro bellico.

«Facevo parte del personale del LIRI quando il progetto era ancora nella fase iniziale» ci spiegò. «Ma fui presto allontanata, con la scusa che il progetto era stato sospeso. Soltanto ora capisco che per loro sarei stata solo una spina nel fianco».

Le raccontammo di Strecatto, del suo coinvolgimento nella creazione del virus e dei mutanti, e di come si fosse sacrificato per porre rimedio ai propri errori.

Quando fu il momento di riferire gli eventi alla torre radio, tutto si fece più difficile. Nemmeno il capitano aveva immaginato quali fossero realmente i piani del Generale, ma conosceva perfettamente chi, alle sue spalle, tirava i fili.

«E così il Generale pensava di poter assumere il comando dell'intero Paese... povero illuso. Non glielo avrebbero mai permesso».

«Chi sono gli abitanti dell'isola? Come possiamo neutralizzarli?» domandò Lyon, teso.

«Neutralizzare gli abitanti dell'isola?» ripeté amaramente la donna. «Noi siamo i veri abitanti dell'isola».

Le nostre facce dovettero sembrare sciocche, perché lei si affrettò a spiegare: «Questa colonia è tutto ciò che resta di Eden». L'espressione sul suo volto mutò improvvisamente in una maschera di dolore.

«O meglio, di ciò che doveva essere. Ero a capo del servizio di sicurezza del progetto Eden, un'isola artificiale costruita nel bel mezzo dell'oceano. Anche in quel caso, non mi resi conto che quella del paradiso per ricconi era solo una facciata, che doveva coprire un progetto ben più grande... Con lo scoppio dell'epidemia nel continente, dalla terraferma iniziarono ad arrivare persone non autorizzate. Fu allora che sbarcarono loro, un gruppo di militari e politici deposti: inutile dire che il Generale era uno di questi. Presto scoppiarono rivolte su tutta l'isola e in pochi giorni i nuovi arrivati riuscirono a prendere il comando. Gli abitanti di questa colonia sono i superstiti di Eden, o almeno quelli che sono riuscita a salvare, grazie all'aiuto dell'ultimo soprintendente».

«Ma qual era lo scopo del progetto Eden?» domandai, inquieta.

«Non l'ho mai scoperto» rispose lei, amareggiata. «Ma, considerato come sono andate le cose, era un progetto destinato al fallimento».

«Questo come può aiutarci a fermare la bomba?»

Gli occhi di tutti erano puntati sul capitano, speranzosi.

«Non può aiutarci» rispose lei, semplicemente. «Coloro che ora sono al comando di Eden non sono gli stessi che l'hanno fondata. Le possibilità di raggiungere l'isola sono inesistenti. Noi stessi, quando siamo scappati, siamo sbarcati su una costa sconosciuta: il nostro unico desiderio era lasciare quel posto e dimenticarlo per sempre».

«Questo significa che siamo da soli a combattere qualcosa impossibile da fermare» sbottò Cico, trattenendo a stento la frustrazione.

«No, noi vi aiuteremo a trovare un modo» rispose allora il capitano. «E quando avremo una soluzione, io verrò con voi».

«No» disse Lyon deciso. «Questo compito spetta a noi. La colonia ha bisogno di una guida. Se la missione dovesse fallire, queste persone avranno bisogno di qualcuno che già una volta li ha aiutati a salvarsi. Hanno bisogno di lei, capitano».

Riuscii quasi a percepire i sentimenti contrastanti della donna mentre squadrava Lyon con attenzione. Quando finalmente annuì, un sorriso si dipinse sul suo volto.

«Va bene» acconsentì, porgendo la mano a Lyon, che la strinse con decisione. «Sappi che, anche con te al comando, la colonia sarebbe stata in ottime mani».

I giorni seguenti furono frenetici.

Mentre Lyon e Cico, insieme al capitano e ai suoi esperti di strategia militare, studiavano una soluzione per impedire alla bomba di distruggere il Paese, io e Alex ci offrimmo di aiutare gli abitanti della colonia.

Passammo la maggior parte del tempo all'interno dell'enorme bunker costruito al di sotto dell'accampamento, trasportando scorte di cibo e attrezzature mediche.

Nonostante i coloni nutrissero cieca fiducia nel capitano, ognuno di loro covava nel profondo del cuore il timore di perdere nuovamente tutto. Qua e là riuscii ad ascoltare qualche breve testimonianza della loro vita sull'isola, ma ogni volta che l'argomento spuntava fuori, l'atmosfera diventava di colpo pesante. Qualunque cosa fosse accaduta, capii che li aveva segnati per sempre.

All'alba del quarto giorno, finalmente Lyon venne a darci la buona notizia: c'era un modo per intercettare la bomba, e forse saremmo riusciti a salvare il Paese.

Dal diario dell'ingegnere James Thomas
SECONDA PARTE

[Giorno 465]
Le cose stanno andando di male in peggio. Ci sono state delle rivolte nelle periferie di Sanctuary. Ho provato a parlare con il soprintendente, ma si rifiuta di ascoltarmi. Ormai non ho più dubbi: mi sta nascondendo qualcosa, e lo ha fatto sin dall'inizio. Il progetto Eden è molto più di un'isola artificiale per ricchi annoiati in mezzo all'oceano. Se solo riuscissi a capire di che cosa si tratta in realtà!
Domani aspettiamo un altro sbarco dal continente. Nonostante i contatti con la terraferma siano interrotti, gli arrivi dei nuovi abitanti continuano a procedere come da programma, ma il malcontento sta aumentando. Questo posto sta diventando una polveriera: una sola scintilla e finiremo tutti a far compagnia ai pesci.

[Giorno 470]
Insieme ai nuovi abitanti sono arrivate anche nuove scorte, ma non sono abbastanza per sfamare tutta l'isola. Eden

non è ancora in grado di sostentarsi autonomamente, e se non arriveranno presto nuove scorte il soprintendente sarà costretto a imporre un razionamento dei viveri. Qualcosa mi dice che, tuttavia, non sarà affatto imparziale. Da quando sono arrivati i finanziatori del progetto, sembra aver completamente abbandonato ogni interesse per il bene dell'isola, dedicandosi esclusivamente alla bella vita. Ogni sera partecipa a una nuova festa, non viene quasi più in ufficio, mentre io sono sommerso di scartoffie e lamentele. Inizio a capire dove sono finiti tutti i soldi che si è intascato negli ultimi mesi.

E dalla terraferma ancora nessuna notizia. Ma sono piuttosto certo che l'epidemia nel Paese sia sotto controllo. Ormai la scienza è in grado di debellare qualunque malattia. O no?

[Giorno 528]

Il soprintendente non vuole ascoltarmi. Ho continuato a insistere su quanto la situazione si stia aggravando, ma mi ha dato del paranoico. «Si goda la vita, James!» mi ha detto, prima di mollarmi a sbrigare il mio e il suo lavoro. Inizio a temere che in realtà la minaccia sia sempre stata sotto i nostri occhi, e che sia solo questione di tempo prima che i 'padroni' dell'isola si sbarazzino di noi, quando non serviremo più. Sono andato a parlare con il capitano della sicurezza. Quella donna sembra di ferro, ma in realtà ha a cuore il bene dell'isola e dei suoi abitanti quanto me. Anche lei è preoccupata e, per quanto la situazione sia ancora sotto controllo, teme che l'arrivo di nuovi abitanti previsto

>>> 209 <<<

tra due giorni, se non accompagnato da scorte sufficienti, metterà in ginocchio Eden.

[Giorno 535]

Tra gli ultimi arrivati c'era una persona infetta! Ma che cosa diavolo stanno facendo sulla terraferma?! Così ci ammazzeranno tutti! Abbiamo messo l'intero gruppo in quarantena, ma non siamo attrezzati per fronteggiare un numero così alto di pazienti, né abbiamo abbastanza scorte mediche per curarli tutti! Senza contare che quei palloni gonfiati non ci stanno rendendo le cose più facili, minacciando di fare causa a tutti se non li lasciamo andare immediatamente. Alla clinica i medici non sanno che pesci pigliare, dicono di non aver mai visto niente del genere e che le condizioni dell'infetto precipitano a velocità allarmante. Stavolta il soprintendente non potrà ignorarmi. Se c'è una cosa a cui sicuramente tiene, è la sua maledetta pellaccia.

[Giorno 537]

Il paziente malato è morto stanotte, e altri ventisei stanno manifestando i primi sintomi, tra cui uno dei nostri medici. Questa cosa mi sta spaventando a morte. Se ciò che sta succedendo qui è accaduto anche nel continente, inizio a capire perché abbiamo perso ogni contatto. Ho cercato più volte di inviare messaggi sulla terraferma, ma senza successo. Bisogna immediatamente bloccare ogni nuovo arrivo, o presto l'isola si trasformerà in una necropoli.

>>> **210** <<<

[Giorno 581]

Sull'isola è scoppiato il caos. Un nuovo gruppo è sbarcato ieri mattina, militari per la maggior parte. All'inizio credevamo che finalmente ci avessero mandato dei rinforzi e nuovi rifornimenti, ma quando hanno iniziato a sparare sulla gente ho capito che stavano cercando di assaltarci. Come diavolo hanno fatto a scoprire dell'esistenza dell'isola? Eden era un progetto segreto, oltre che privato, nemmeno il governo ne era a conoscenza. Sempre che esista ancora un governo... Iniziano a girare voci sul fatto che nel continente l'epidemia sia scoppiata molto prima di quanto abbiamo sentito e che ora ovunque regnino morte e distruzione. È forse questo che ci aspetta?

[Giorno 603]

Il soprintendente è morto.
Questo fa di me il suo successore, e il prossimo sulla loro lista.
La gente sta impazzendo, molti dei civili vogliono lasciare l'isola, ma gran parte delle lance sono state sabotate. Gli uomini che stanno guidando il massacro non vogliono che nessuno raggiunga la terraferma. L'uomo a capo delle forze militari, il Generale, così si fa chiamare, è riuscito a portare dalla sua parte molti degli abitanti, e per quelli che si oppongono è sempre più difficile nascondersi e rimanere al sicuro. Ho parlato di nuovo con il capitano della sicurezza. Stanotte aiuterò lei e quanti più civili possibile a scappare.

Gli invasori non sanno che il soprintendente dispone di una lancia privata. Se sacrificare la mia salvezza significherà dare un futuro a quelle persone innocenti, sono pronto a farlo ora e altre mille volte.

[Giorno 605]

Il capitano e centoundici abitanti sono riusciti a scappare. Avrei voluto fare di più, ma il Generale ha preso il controllo di ogni molo e i suoi superiori vogliono la mia testa. All'ospedale ci sono stati dei tumulti, e qualcuno ha farneticato sui morti che ritornano in vita. Inizio a temere che la gente stia perdendo la ragione. Mi sono barricato nello studio del soprintendente e sono sceso nel bunker. Credo di avere scorte sufficienti per almeno un mese. Con tutte le scartoffie e i file stipati qui dentro, sicuramente non mi annoierò.

[Giorno 612]

Questa è pura follia!

Il morbo che ha colpito il continente era parte del progetto Eden, e io ho collaborato allo sterminio dell'umanità. Questi criminali hanno giocato a fare Dio, ma tutto ciò si è ritorto contro di loro, e anche contro ogni povera anima innocente... Il peso di aver contribuito a tutto questo non mi dà pace. Mentre l'epidemia mieteva vite in ogni angolo del continente, io sono rimasto qui, al sicuro su un'isola costruita sulle menzogne e sulle vite altrui.

Ma stanotte tutto cambierà. Ho trovato una pistola in una delle casseforti. Basteranno pochi proiettili. Uno per ogni capo del commando che ci ha invasi, uno per il Generale e infine uno per me.

CAPITOLO 12
LA FINE DEL MONDO

«**P**ensate che possa funzionare?» domandai nervosamente.

Eravamo chiusi nell'ufficio del capitano da più di dieci ore, mappe e schemi militari erano sparsi ovunque sul grande tavolo di quercia e ognuno di noi sembrava avere decisamente bisogno di una boccata d'aria. Quando spostai lo sguardo sulla finestra e incrociai il mio riflesso, per un attimo quasi non mi riconobbi e mi chiesi chi fosse quella persona: il Lyon prima di quella maledetta epidemia era ben diverso! Ma non era il momento di arrovellarmi con simili dubbi, dato che quel poco di mondo sopravvissuto alla catastrofe stava per essere spazzato via dalla bomba.

«Non abbiamo opzioni migliori» rispose il capitano, con lo

stesso sguardo preoccupato degli altri. «Ci resta soltanto da capire quale può essere un buon posto per inviare il segnale di disturbo».

Non avendo un arsenale capace di contrastare una bomba, avevamo elaborato un metodo per disturbare il segnale di navigazione e deviarne la traiettoria. Era la soluzione più sensata. Nel migliore dei casi sarebbe esplosa nell'oceano, nel peggiore invece... non volevo nemmeno pensarci.

«Potremmo tornare alla torre radio» propose Cico con voce stanca, massaggiandosi la fronte.

«Impieghereste più tempo ad arrivare di quanto ne abbiamo a disposizione» osservò uno dei presenti, indicando sulla mappa la zona in cui si trovava la torre.

«Ok, allora proviamo a restringere il campo e a capire se esiste un luogo che faccia al caso nostro, senza dover attraversare il Paese per raggiungerlo» sbottai, iniziando a perdere la calma. Più andavamo avanti, più quella di fermare la bomba sembrava una missione impossibile.

«Che ne pensate dell'aeroporto?»

Ci voltammo di scatto verso la porta. Alex era sulla soglia, un'espressione sicura stampata sul volto. Immediatamente frugammo tra le mappe, finendo per individuare lo stesso aeroporto dove lo avevamo salvato dai banditi.

«È nel raggio» confermò uno dei soldati con tono trionfante, cerchiando la zona con un pennarello rosso.

«Bene, ora dobbiamo soltanto assemblare lo strumento e...» iniziai con rinnovato vigore, ma il capitano mi interruppe.

«A quello penseremo noi, è il minimo che possiamo fare. Voi andate pure a riposarvi: dovrete essere in piena forma per la missione».

Per quanto volessi obiettare, il capitano aveva ragione. Appena il dispositivo fosse stato pronto saremmo partiti, e dovevamo approfittare di ogni momento utile per riposare.

Quando uscii all'aperto, il grigiore dell'alba mi colse di sorpresa. Avevamo lavorato al progetto come ossessi, mentre i minuti che restavano al lancio della bomba scivolavano come acqua tra le dita. Pregai con tutto me stesso che il piano funzionasse, ma io per primo non ero pronto a rischiare tutto, e quello che stavo per compiere sarebbe stato il gesto più difficile di tutta la mia vita.

«Sapevo che sareste riusciti a trovare un modo!»

Il suo sorriso era luminoso, ma nel fondo dei suoi occhi intravidi la paura. Stava nuovamente cercando di nascondere quanto in realtà fosse spaventata, soltanto per farmi sentire più sicuro di me. Guardandola, mi chiesi per l'ennesima volta come fosse riuscita a sopportare tutto questo. Anche solo per proteggere il suo sorriso, dovevo lasciarla indietro, al sicuro nel bunker della colonia. Ma come? Se gliene avessi parlato apertamente, non avrebbe mai accettato. Avremmo litigato e poi l'avrei trovata sul sedile posteriore della jeep, in attesa della partenza. Neanche cercando di essere ragionevole sarei riuscito a convincerla. Avrebbe sicuramente detto qualcosa del tipo 'staremo insieme fino alla fine', e a quel punto non sarei riuscito a ribattere.

«Lyon, qualcosa non va?» mi domandò, preoccupata.

«Sono solo un po' stanco» buttai lì una mezza verità.

Quando mi prese per mano, sentii il calore irradiarsi in tutto il corpo. Mi guidò con calma nel bungalow che ci aveva dato rifugio durante la nostra prima visita alla colonia. La seguii all'interno, in silenzio, mentre nella mia testa andava in scena una battaglia titanica: proteggerla e lasciarla alla colonia, oppure tenerla al mio fianco fino alla fine? La guardai sfilarsi gli scarponcini e infilarsi sotto le coperte, poi dal suo nido di cuscini mi fece cenno di raggiungerla.

«Quando sarà l'ora di partire, ci chiameranno» disse sorridendo. Mi misi anche io sotto le coperte e la abbracciai forte, in un incastro perfetto che avevo quasi dimenticato.

«Lyon, sicuro di stare bene?» chiese, mentre l'apprensione nella sua voce mi faceva sentire sempre più colpevole.

Mi scostai per guardarla negli occhi.

«Tra un attimo starò sicuramente meglio» dissi, prima di sfiorarle le labbra con le mie.

E in quel momento presi la mia decisione. Quello che stavo per fare non sarebbe stato un sacrificio, sapendo che lei sarebbe stata salva.

Quando mi risvegliai, era pomeriggio inoltrato. Al mio fianco Anna dormiva beata, come non succedeva da tempo, e per qualche minuto rimasi immobile a guardarla.

Fu con enorme coraggio che mi decisi a staccarmi da lei, e quando si rigirò nel sonno temetti di averla svegliata, ma per fortuna riprese a dormire serenamente. Prima di lasciare la casupola, recuperai dal mio zaino la valigetta che Strecatto mi aveva affidato, giù nel laboratorio. Se davvero lì dentro c'erano gli studi sulla cura, non c'era persona più fidata di Anna a cui lasciarla in custodia, ed ero certo che sarebbe riuscita a trovare le persone giuste per portare a termine il lavoro e per farla guarire.

Gettai un ultimo sguardo alle mie spalle, prima di chiudere la porta del bungalow, mentre sentivo che una parte di me mi stava lasciando per sempre.

Arrivato alla sede del comando, trovai tutti pronti alla partenza.

«Anna dov'è?» chiese Alex sorpreso, ma Cico gli sferrò una gomitata, scuotendo la testa.

«A volte sei proprio scemo, lo sai?» lo apostrofò, prima di farsi avanti. «È tutto pronto, partiamo quando vuoi».

Con un cenno, mi avvicinai al capitano che, ritta nella sua consueta postura disciplinata, ci guardava con espressione indecifrabile.

«Se quel giorno fossi stato tu a ricevere la nomina a Generale e non tuo fratello, forse le cose sarebbero andate diversamente». La mia sorpresa fu così evidente da strapparle una risata sincera.

«La tua fama non è certo diminuita per una mancata promozione» mi spiegò. «Chi aveva compreso la vera natura del Generale è sempre stato altrettanto consapevole del tuo valore. Il Paese non potrebbe essere in mani migliori».

Un'ondata di riconoscenza mi travolse e per un istante fui invaso dal vecchio orgoglio che mi aveva accompagnato nella mia passata carriera militare.

«Buona fortuna, maggiore Lyon» disse, offrendomi la mano.

«Anche a lei, capitano» risposi ricambiando la stretta, quindi mi voltai verso gli altri, che già mi aspettavano a bordo della jeep.

Una volta al posto di guida, il capitano si avvicinò al mio finestrino.

«Ricorda: il dispositivo per deviare la bomba va attivato manualmente. Non siamo riusciti a fare di più, mi dispiace».

Annuii con decisione: conoscevo i rischi e non mi sarei tirato indietro.

«Ah, Lyon?» disse infine. «Non preoccuparti per Anna, ci prenderemo noi cura di lei».

«Grazie» dissi con calore. «Ci terremo in contatto radio finché sarà possibile».

Acceso il motore, varcammo il cancello principale, pronti ad accelerare verso l'aeroporto, quando, dallo specchietto retrovisore, la vidi.

Correndo a perdifiato, Anna stava tentando disperatamente di raggiungerci e agitava freneticamente le braccia per farsi notare. D'istinto inchiodai in mezzo alla strada, il cuore stretto in una morsa dolorosa. I ragazzi si voltarono, rendendosi conto solo allora di che cosa stava accadendo.

«La stavi lasciando indietro senza dirle niente?!» esclamò scandalizzato Alex, lo sguardo che saettava da me ad Anna.

«Lyon, ormai è fatta» si intromise Cico, fissandomi determinato. «Se adesso torni indietro, sai che sarà più difficile».

Nel frattempo il capitano aveva raggiunto Anna e la stringeva per le spalle. Riuscii quasi a sentire la sua voce gridare il mio nome, il corpo scosso dai singhiozzi, e in quel momento inserii di nuovo la marcia e partii senza più guardarmi indietro.

Mi sentii un verme. Capii che in realtà, se non le avevo parlato, se avevo scelto di scappare, non era perché temevo che lei si sarebbe opposta, ma perché io non sarei stato capace di lasciarla. Avvertii lo sguardo torvo di Alex piantato sulla mia nuca, quando Cico, senza staccare gli occhi dalla strada, disse: «È stata la cosa giusta, Lyon. Qualunque cosa accada, almeno lei sarà salva».

Arrivammo all'aeroporto a notte fonda.

Durante tutto il viaggio, avevamo tenuto la radio della jeep sintonizzata sulla frequenza di trasmissione del conto alla rovescia della bomba.

«Tredici ore, cinquantasette minuti e ventidue secondi...» ripetei, azzerando il volume. «Il lancio è previsto per mezzogiorno».

«Se siamo fortunati, potremo anche riposarci un po', prima di entrare in azione» ghignò Cico, prima di tornare serio e indicare un varco della recinzione. «Entriamo da lì. Più ci avviciniamo alla torre di controllo in auto, meglio è».

«Credete che sia rimasto qualcuno all'aeroporto?» domandò Alex, che fino a quel momento era rimasto in silenzio.

Lungo il tragitto non avevamo incontrato anima viva (o morta), e avevo finito per convincermi che i pochi sopravvissuti si fossero rifugiati nei bunker, in attesa dell'inevitabile. Io stesso, mentre guidavo, avevo gettato qua e là lo sguardo, in cerca di qualche rifugio nell'eventualità di una fuga disperata dell'ultimo secondo, ma senza successo.

Man mano che ci avvicinavamo alla torre di controllo, l'ansia iniziò a stringermi il petto: nonostante la situazione, era tutto troppo tranquillo e, dalle mie esperienze passate, sapevo che questo non era affatto un buon segno.

«Ragazzi, non mi piace...» borbottò Cico, gli occhi ridotti a fessure mentre scrutava attentamente i dintorni.

All'improvviso una forte esplosione fece sbandare la jeep. Il volante non rispose più ai comandi e ci schiantammo con violenza contro un capannone. Un dolore acuto si accese su un lato della mia testa e, quando mi toccai la fronte, le mie dita si ricoprirono di sangue.

Alle mie spalle udii un mugolio sofferente, mentre al mio fianco Cico tentava di slacciarsi la cintura, una nuova ferita sulla testa ad accompagnare quella più vecchia.

«State... tutti bene?» domandai a fatica, tentando di forzare la portiera della jeep.

«Che cosa diavolo è stato?» si lamentò Alex.

Quando mi guardai intorno per capire che cosa avesse causato l'esplosione, temetti di essere giunto alla fine della mia avventura: un'orda di infetti si stava riversando fuori da ogni edificio, alcuni con ancora addosso gli abiti da banditi. Qua e là nella calca spuntavano dei giganti dagli occhi rossi, più aggressivi e minacciosi degli infetti comuni.

«VIA DA QUI!» gridai, armeggiando freneticamente con la portiera. Finalmente riuscii a spalancarla con un calcio. Anche se con un po' di difficoltà, pure Cico si liberò dalla morsa della cintura di sicurezza e si catapultò fuori dalla jeep, cadendo a terra, instabile sulle gambe.

Alex, che era sgusciato dal finestrino, lo aiutò a rimettersi in piedi, mentre l'orda famelica avanzava nella nostra direzione, attratta dall'odore del sangue.

Raggiunsi i miei amici e, passando un braccio dietro alla schiena di Cico, iniziai a guidarli verso l'edificio più vicino, pregando che al suo interno la situazione non fosse uguale a quella di fuori.

Ci barricammo dentro. Per fortuna la porta d'acciaio era resistente e ci riparò dall'assalto. Non poteva però proteggerci anche dalla paura: i versi gutturali degli zombie echeggiavano lungo i corridoi desolati dell'edificio, rendendo difficile capire se al coro esterno si fossero aggiunte inquietanti presenze nel palazzo.

Procedemmo a tentoni nel buio, accendendo la torcia solo di tanto in tanto, per evitare di attirare attenzioni indesiderate. Quando finalmente trovammo una mappa dell'edificio, tirammo un sospiro di sollievo: la torre di controllo era solo due edifici più avanti e, fatta eccezione per un piccolo tratto, non saremmo stati costretti a uscire all'esterno.

«Che stiamo aspettando?» domandò Cico, cercando di nascondere, con scarsi risultati, la sofferenza nella voce.

«Non possiamo ancora procedere, siamo ridotti male e ci aspetta una traversata così pericolosa che potremmo non farcela a raggiungere la torre di controllo» mi opposi, indicando sulla mappa il simbolo dell'infermeria. «Ci rifugeremo qui per qualche ora, giusto il tempo necessario per rimetterci in sesto».

Una volta dentro, sbarrammo la porta e iniziammo a medicarci.

Mezz'ora e molte ferite fasciate dopo, fissavo il soffitto, disteso su uno dei letti. Il respiro lento dei miei amici si era tramutato in un ronfare soffuso.

Mi rigirai su un fianco, cercando di riposare un po', ma senza successo. Guardai per un attimo la radiolina, posata sul tavolino di fianco al letto, e un improvviso desiderio di contattare Anna mi fece quasi schizzare in piedi, ma con uno sforzo immane lo misi a tacere.

Quello che mi aspettava era un viaggio di sola andata e sentivo che, se in quel momento avessi risentito la sua voce, quasi certamente sarei tornato indietro, mandando tutto al diavolo solo per poter guardare la fine del mondo accanto a lei.

«Lyon, è ora di andare».

Aprii gli occhi di scatto e saltai letteralmente giù dal letto, mentre il panico mi invadeva. Quando guardai dalla finestrella, il sole era già alto.

«Perché non mi avete svegliato prima?» dissi, schiarendomi la voce e scrollandomi di dosso gli ultimi strascichi di sonno.

«Sei rimasto sveglio per tutto il tempo in cui noi abbiamo dormito» spiegò Cico senza sollevare la testa dal suo zaino, che stava riempiendo di risorse fino all'inverosimile. «Avrai dormito sì e no un paio d'ore. Non sei utile ridotto a uno straccio: ci serve il nostro capo in piena forma, ora più che mai».

Stavolta Cico mi fissò con insistenza. Poi venne verso di me, mi diede una pacca sulla spalla e indicò la porta.

«Facci strada. Abbiamo un'orda da attraversare e una bomba da fermare».

Eravamo piuttosto certi che gli infetti rifuggissero la luce solare, probabilmente per una sviluppata sensibilità degli occhi. Ciò comportava un maggiore pericolo durante l'attraversamento degli edifici che, nel nostro piano, costituiva la quasi totalità del percorso.

Più di una volta fummo costretti a compiere deviazioni e ad allungare il tragitto per evitare zone particolarmente gremite di zombie che ciondolavano nell'ombra.

Ma fummo estremamente prudenti, e attraversare gli edifici risultò abbastanza facile. Quando finalmente uscimmo all'esterno, la torre di controllo svettava a poche centinaia di metri da noi.

Solo allora ci rendemmo conto che, durante il nostro percorso al chiuso, il cielo si era incupito, quasi fosse notte, anche se in realtà mancavano solo un paio d'ore a mezzogiorno. Senza perdere tempo, ci avviammo in direzione della torre, quando un fulmine squarciò le nubi nere, seguito da un rombo assordante.

«Lyon, qui si mette male» mormorò Alex, impugnando il fucile con mani tremanti.

Mentre grossi goccioloni di pioggia iniziavano a cadere sull'asfalto, lentamente, dagli edifici intorno, gli infetti si riversarono fuori, pronti a sbranarci.

Io e Cico imitammo Alex, estraendo le armi, ma sapevamo già quanto fosse inutile: erano troppi, e le nostre munizioni non erano infinite. Anche svuotando tutti i caricatori addosso agli infetti, non saremmo mai riusciti ad aprirci una via fino alla torre di controllo senza che almeno uno di noi venisse ferito, o peggio.

Ci guardammo intorno nel panico, mentre gli edifici si svuotavano dei loro mostruosi abitanti, la nostra meta sempre più irraggiungibile, quando Cico scattò di lato, sparendo dietro uno degli hangar.

«Ehi! Dove diamine stai andando!?» urlò Alex. «Non ci starai mica mollando così?!»

«Cico!» gridai con quanto fiato avevo nei polmoni, mentre Alex mi tirava per la felpa, costringendomi a trovare riparo dentro l'edificio più vicino. «Lasciami andare!» gridai, scrollandomi violentemente dalla sua stretta, e sentendomi in colpa un attimo dopo. Deluso e sconfitto, fissai la porta sbarrata, dietro la quale i ruggiti si mescolavano al fragore della pioggia. «Che cosa gli è preso?» mormorai. Non potevo credere che ci avesse abbandonati così.

«Ne abbiamo passate tante» provò a giustificarlo Alex. «Forse ha avuto paura...»

«Forse non voleva morire come accadrà a noi tra poco...» dis-

si, incapace di nascondere il panico, mentre la porta tremava violentemente sotto l'assalto degli infetti.

Iniziammo a scappare, spinti dalla stessa forza che aveva portato Cico via da lì. I colpi erano sempre più forti, e sentimmo anche qualche esplosione.

«Ti ricordi di un'altra uscita?» gridai ad Alex, mentre alle nostre spalle uno schianto metallico annunciava che la porta aveva infine ceduto.

«Forse più avanti, ma così ci metteremo di più a raggiungere la torre di controllo!» rispose lui continuando a correre a perdifiato.

All'improvviso un'esplosione assordante ci sbalzò in avanti e una colonna di fuoco riempì il corridoio, travolgendo le creature che ci stavano inseguendo. Stordito, mi rialzai a fatica mentre il calore mi bruciava la pelle, e sparai ai pochi infetti scampati alle fiamme. Il corridoio era diventato un tunnel infernale. Il sistema antincendio si attivò qualche istante dopo e gli irrigatori da soffitto si avviarono, portando nell'edificio la stessa pioggia che continuava a cadere all'esterno e sedando le fiamme.

Alex si rimise in piedi, i capelli bruciacchiati, troppo sconvolto per parlare.

Un fragore di vetri rotti, proveniente da una delle stanze chiuse lungo il corridoio, ci costrinse a sollevare di nuovo le armi. Con i nervi ormai a pezzi, provai a tenere sotto tiro tutte le porte, quando una si aprì lentamente.

«Non sparate! Ragazzi, non sparate, sono io!»

Il peso nel mio petto si sciolse in un istante, ma Alex, ancora scosso, gridò con una voce resa acuta dal terrore: «Io chi?!»

Vedere quella zazzera di capelli rossi non mi aveva mai reso così felice, ma quando Cico si avvicinò gli sferrai un pugno che lo fece barcollare all'indietro.

«Cavolo! Ok, me lo sono meritato, ma non c'era tempo!» esclamò sofferente massaggiandosi la mandibola.

«La prossima volta che hai un'idea, dillo prima di scappare! Che cosa diavolo è successo là fuori?!» strillò Alex, ancora agitatissimo.

Quando lo seguimmo all'esterno, passando dalla finestra rotta da cui era entrato, ci trovammo davanti un inferno di rottami, corpi e fiamme che la pioggia faticava a spegnere. Il relitto di un camion cisterna, completamente squarciato e carbonizzato, giaceva fumante contro un hangar. Gli infetti che non erano stati neutralizzati dall'esplosione si stavano lentamente riavvicinando, scavalcando rottami incandescenti e corpi, ma almeno ora avevamo guadagnato il tempo necessario per raggiungere la torre di controllo.

«Così dovrebbe andare» disse Alex, chiudendo il lucchetto intorno agli anelli della massiccia catena con cui aveva legato i maniglioni della porta d'ingresso.

La torre di controllo era un edificio piuttosto semplice: la struttura a stelo si alzava verso il cielo, culminando in una sala ricca di apparecchiature con una grande parete a vetri che dava sulla pista dell'aeroporto. L'unico ascensore nell'atrio conduceva direttamente alla sala di controllo, ma quando vi entrammo, notammo la presenza di un ulteriore pulsante.

«Pensate che ci sia un piano inferiore? Magari un bunker?» domandò Cico, improvvisamente tentato di premere il bottone.

«Prima controlliamo che in cabina sia tutto a posto, poi, se ci avanzerà del tempo, scenderemo a dare un'occhiata» concessi io. Quando le porte dell'ascensore si spalancarono, ci ritrovammo in una sala illuminata unicamente dai lampi del temporale. Le sedie erano rovesciate sul pavimento cosparso di oggetti, come se ci fosse stata una violenta colluttazione. In un angolo, un cadavere ridotto ormai a scheletro ci ricordò che cosa sarebbe accaduto se avessimo fallito.

Ci separammo per dare un'occhiata in giro e verificare che tutto funzionasse. Quando mi avvicinai ai pannelli di controllo, notai che, almeno esternamente, sembrava non ci fossero danni. A un tratto le spie si illuminarono, insieme all'intera sala, grazie all'intervento di Alex, che nel frattempo aveva capito come riattivare la corrente. In quel momento sorridemmo speranzosi: forse potevamo davvero farcela.

Con estrema attenzione, tirai fuori dallo zaino il complesso marchingegno che i tecnici dell'accampamento avevano messo a punto. Poi con la ricetrasmittente contattammo il capitano, che sembrò estremamente sollevata di sentirci. Apprezzai il fatto che non nominasse Anna in un momento così difficile. I tecnici ci guidarono passo passo e, quando l'ultimo collegamento fu stabilito e l'apparecchio finalmente prese vita, al lancio della bomba mancavano solo venti minuti.

«Avete un posto dove rifugiarvi?» domandò il capitano, un tremolio quasi impercettibile nella voce di solito autoritaria.

«Pensiamo ci possa essere un bunker alla base della torre di controllo, scenderemo tra poco a controllare» assicurai io, più per dare speranza ai miei amici che per vera convinzione.

Augurandoci di nuovo buona fortuna, la colonia chiuse le comunicazioni e il rumore della pioggia battente ritornò a essere l'unico suono nella stanza. Per qualche minuto rimanemmo in silenzio a guardare il cielo nero e le gocce di pioggia che rigavano i finestroni.

«C'è una cosa che vi devo dire» cominciai, sorprendendo anche me stesso, lo sguardo perso alle cime degli alberi in lontananza. «È stato un onore immenso affrontare tutto questo con voi. Non riuscirei a immaginare compagni migliori con cui fronteggiare un'apocalisse».

Con la coda dell'occhio vidi, da un lato, Alex che sgranava i grandi occhi ambrati, ora più lucidi che mai, dall'altro Cico che sorrideva con il suo solito ghigno.

«Non è ancora finita» disse, con un lampo furbo nello sguardo. «Ma, per quel che vale, l'onore è reciproco. E anche se i miei ricordi sono ancora confusi, so che non sei stato tu a lasciarmi indietro allo scoppio dell'epidemia. Perché gli amici non si abbandonano, e noi lo siamo. I migliori che ci possano essere».

Sorrisi con un sospiro, poi al mio fianco avvertii una specie di singhiozzo. Quando mi voltai a guardare Alex, i suoi occhi si erano rifiutati di trattenere le lacrime. Tirando su con il naso, mugolò: «P-posso abbracciarvi?»

Cico ebbe un sobbalzo, sbarrò comicamente gli occhi e infine sbraitò: «Avvicinati a me e ti sparo!» senza però riuscire a nascondere un sorriso.

In ogni caso, lasciammo che Alex ci stritolasse in un rapido abbraccio prima di sfuggire alla sua stretta, troppo imbarazzati da quel momento così carico di emozione.

«È ora che voi due andiate» dissi sorridendo, mentre i loro occhi si spalancavano per l'incredulità.

«Ancora con questa storia del voler fare tutto da solo?!» sbuffò Cico.

«Non ti lasciamo qui a rischiare, mentre noi ce ne stiamo al sicuro nel bunker!» si accodò Alex con sorprendente coraggio.

Li guardai: ero fiero di loro, ma li sospinsi ugualmente verso l'ascensore. Non senza una certa difficoltà, perché si agitavano e puntavano i piedi.

«Ho bisogno che voi siate al sicuro se questa cosa non dovesse funzionare» dissi guardandoli intensamente. «Non voglio che Anna resti senza un volto amico».

Al solo pensiero la gola mi si strinse in un nodo ma, vedendo impallidire i miei amici, cercai di continuare con un tono più allegro.

«E se dovesse andare tutto per il verso giusto, non voglio trovarmi qualche brutta sorpresa, là sotto!»

Forzai un ghigno nella speranza di averli convinti, e quando, con un sospiro, chiamarono l'ascensore, fui loro riconoscente.

«Appena arriva la bomba, premi il bottone e fiondati nell'ascensore» disse Cico serissimo. «Te lo rimandiamo su appena arriviamo».

«Ci vediamo di sotto» li salutai. Poi tornai a sedere davanti alla vetrata.

Mancavano dieci minuti al lancio della bomba e, prima che tutto volgesse al termine, c'era un'ultima voce che desideravo sentire. Presi la radiolina e impostai la frequenza che tante volte prima di allora ero stato tentato di contattare. Poi aprii il canale e mormorai con timore: «Anna?»

Passò qualche istante, poi finalmente udii la sua voce.

«Lyon! Come hai potuto lasciarmi indietro?!» gridò con quanto fiato aveva in corpo, facendo fischiare la comunicazione. «Sarei dovuta stare al tuo fianco fino alla fine, non chiusa in un bunker mentre tu sei là fuori a rischiare la vita!»

Per un attimo mi mancarono le parole, ma in quello che era il momento più difficile di tutta la nostra avventura dovevo essere forte per entrambi.

«Se tutto andrà bene, ci rincontreremo. Te lo prometto» riuscii a dire.

Passò qualche secondo di silenzio, tanto che temetti di aver perso il segnale, quando la voce di Anna tornò a gracchiare. E il mio cuore riprese a battere.

«Non ti azzardare a morire, mi hai capito bene?» mi intimò, strappandomi un sorriso. «E sappi che uno schiaffo non te lo toglie nessuno, quando ci rivedremo!»

Cercava di fare la dura, ma la voce le tremava.

'Ora o mai più' mi dissi.

«Ti amo, Anna» mormorai.

Il silenzio sembrò interminabile, e quando finalmente rispose, Anna aveva smesso di nascondere che stava piangendo.

«Ti amo anche io, Lyon».

Una felicità dolorosa mi scoppiò nel petto, e il desiderio di tornare da lei diede forza a ogni mia parola.

«Stai al sicuro finché sarà necessario e non preoccuparti per me, farò di tutto per tornare a prenderti».

Poco dopo chiudemmo la comunicazione. Ora mancavano cinque minuti al lancio della bomba.

E mentre attendevo di portare a termine il mio ultimo incarico, un inaspettato senso di pace mi invase. Il pensiero che tutte le persone care fossero al sicuro mi fece sentire meglio. E la voce di Anna mi aveva regalato la speranza di un futuro.

Guardai fuori: la pioggia si era fermata e i nuvoloni correvano nel cielo, spinti da un vento forte che stava trascinando il temporale altrove.

Mentre fissavo il pulsante del dispositivo di disturbo che lampeggiava a intermittenza, mi ritrovai a contare i secondi.

Improvvisamente il cielo fu scosso da una vibrazione violenta, e un fischio acuto fece tremare i vetri della torre di controllo. Era il momento. Schiacciai il pulsante del marchingegno con forza e, senza guardarmi indietro, mi precipitai verso l'ascensore.

Quando finalmente le porte si spalancarono, mi fiondai dentro e quasi sfondai con un pugno il tasto che portava al sotterraneo.

Un secondo prima che le porte si richiudessero, guardai verso la vetrata.

All'orizzonte, il grigio plumbeo del cielo si stava rischiarando di raggi abbaglianti.

Mentre l'ascensore iniziava la sua discesa, pregai con tutto me stesso che quelle fossero le luci di un nuovo giorno.

INDICE

	DAL DIARIO DI LYON	7
1	Ritrovarsi	14
	DAL DIARIO DI CICO	28
2	In missione. Incontri inaspettati	32
	DAL DIARIO DI ANNA	52
3	Infezione	55
	DAL DIARIO DI ALEX	68
4	Nella città abbandonata	70
	DAL DIARIO DI ANNA	83
5	Tradimenti	90
	DAL DIARIO DI GIORGIO	101
6	Sotto assedio	104
	DAL DIARIO DEL CAPITANO	122

7 Il Liri — 125

DAL DIARIO DI STRECATTO — 137

8 I mutanti — 140

DAL DIARIO DEL BANDITO
BRUCE THOMPSON — 156

9 Sulle tracce del Generale — 159

DAL DIARIO DEL GENERALE — 170

10 Minacce d'oltremare — 174

DAL DIARIO DELL'INGEGNERE
JAMES THOMAS, PRIMA PARTE — 187

11 Alleanze — 193

DAL DIARIO DELL'INGEGNERE
JAMES THOMAS, SECONDA PARTE — 208

12 La fine del mondo — 214

Finito di stampare nel mese di novembre 2021
per conto della Adriano Salani Editore s.u.r.l.
da Grafiche Stella, San Pietro di Legnago (VR)
Printed in Italy